ARIANE

OUVRAGE DU MÊME AUTEUR

Pascarel. Roman imité de l'anglais, avec l'autorisation de l'auteur, par **J. Girardin.** — 1 vol. in-18 jésus broché.   3 fr.

1616. — Paris, Imp. LALOUX FILS et GUILLOT, 7, rue des Canettes.

OUIDA

ARIANE

ROMAN TRADUIT DE L'ANGLAIS

AVEC L'AUTORISATION DE L'AUTEUR

PAR

B. BUISSON

TOME DEUXIÈME

PARIS
LIBRAIRIE HACHETTE ET Cie
79, BOULEVARD SAINT-GERMAIN, 79

1879

ARIANE

I

« Germain, qu'a donc la jeune fille? dit un jour la mère de Maryx, à l'heure du crépuscule. Elle vient si rarement me voir; et pourquoi ne lui fais-tu plus la lecture le soir, comme tu faisais l'hiver passé? Je ne comprenais pas les mots; mais le son était agréable, j'écoutais avec plaisir.

— Elle est d'un an plus âgée, dit Maryx, et les mêmes choses plaisent-elles jamais longtemps?

— Aux sots, non. Mais elle n'est pas sotte et je ne la crois pas changeante. L'invites-tu à venir?

— Elle fait ce qu'elle préfère. Elle sait qu'elle est toujours la bienvenue.

— Et que fait-elle au lieu de venir?

— Elle reste chez elle, dans sa chambre, et étudie. »

La vieille femme fit tourner son rouet; elle songeait aux jours de sa jeunesse.

« N'y a-t-il personne ici? dit-elle soudain; un étudiant? quelqu'un de jeune comme elle?

— Non pas que je sache; non!

— Il doit y avoir quelqu'un. Sans cela... Germain, tu es un grand homme, un sage, et tu vas ton chemin; mais tu tournes peut-être le dos à ton bonheur. J'ai entendu dire que les sages le font souvent. Ils lèvent si bien les yeux vers le ciel et les étoiles qu'ils mettent le pied sur l'alouette qui aurait chanté pour eux et les aurait joyeusement réveillés le matin, et l'écrasent. Est-ce que tu n'aurais pas fait cela par hasard? »

Il changea de couleur.

« Que voulez-vous dire?

— Je veux dire ceci, reprit la mère en cessant de filer et le regardant à la lueur du feu : Pourquoi laisses-tu échapper cette jeune fille? pourquoi ne l'épouses-tu pas? »

Ses fiers sourcils se froncèrent.

« Pourquoi me dire des choses pareilles? Pouvez-vous croire...?

— Oui, je crois que tu as quelque amour pour elle; peut-être ne le sais-tu pas toi-même. — C'est bien. »

Maryx resta silencieux.

« Si je l'aimais, dit-il enfin lentement, avec tristesse, d'un ton qui ne voulait dire ni oui ni non, ce ne serait pas assez; elle ne songe pas à moi, pas le moins du monde, si ce n'est comme à son maître.

— Tu ne peux pas savoir, dit sa mère simplement. Le cœur d'une jeune fille est une rose encore fermée; si la gelée est trop forte, elle ne s'ouvre jamais. Vois-tu, Germain, tu as été si occupé par tes femmes de marbre et ces vilaines créatures vivantes qui se montrent nues devant toi, que tu n'as peut-être pas réfléchi ; mais je me souviens de ce que sont les jeunes filles. J'en ai été une moi-même, il y a bien, bien longtemps, là-bas au village, quand je lavais mon linge dans le ruisseau, et que je voyais ton père venir à travers les champs de colza et de roses. Oh oui ! je me souviens, et je peux te dire que les femmes sont de pauvres êtres : c'est comme les hirondelles engourdies en hiver ; celui dont la main les réchauffe et les recueille peut les mettre sans peine dans son sein. Si tu veux être aimé d'une femme, donne-lui la chaleur de l'amour ; elle sera agitée, tremblera un peu et peut-être même essayera de fuir ; mais elle sera comme l'hirondelle engourdie : si tu fermes vite la main, elle est à toi. »

Maryx avait pâli. Il essaya de sourire.

« Pourquoi les hommes mauvais sont-ils ceux que les femmes aiment le plus ? murmura sa mère en parlant à sa quenouille, son esprit plongeant dans les profondeurs du souvenir et y remuant des cendres. Seulement parce qu'ils sont audacieux, parce qu'ils n'ont pas de modestie, parce qu'ils brûlent les femmes dans leurs flammes, comme les enfants brûlent les sauterelles dans les nuits d'été. Oh ! je n'ai pas oublié ce qu'autrefois j'ai vu et entendu. Pourquoi laisser un autre venir avec la torche allumée, tandis que tu es là et ne dis rien ?

— Parce que ce serait vil de parler, répondit-il soudain, en relevant la tête et d'une voix sévère que sa mère n'avait jamais entendue. Ne me comprenez-vous pas ? elle est sans amis, sans argent, sans foyer. Elle a beaucoup de talent, peut-être même du génie.

Elle dépend de moi pour devenir ce qu'elle peut... ce qu'elle doit être dans quelques années, une grande artiste. Si elle cessait à présent de suivre mes leçons, il est impossible de dire ce qu'elle perdrait par cette interruption de ses études et le manque de direction dans ses efforts. Elle peut tout accepter à présent de moi, sans penser plus loin; elle peut venir à moi dans toutes ses difficultés, comme un enfant à son père; nous pouvons ici lui persuader aisément que ce qu'elle fait est un travail d'élève, qui mérite son salaire; c'est une innocente tromperie; elle était si fière, il fallait un peu l'abuser. Ne voyez-vous pas, au contraire, que si je m'approche d'elle en amoureux, tout est fini? Elle ne se soucie pas de moi à présent, pas dans ce sens; et comment puis-je chercher à sonder ses sentiments pour l'avenir, puisque, si je lui parle d'amour et qu'elle se révolte, la voilà obligée de fuir d'ici et de perdre tout guide et toute aide? Je ne suis pas libre. Si je lui parlais comme vous le désirez, j'aurais l'air d'un créancier qui veut se faire rembourser. Quelle femme, même la plus jeune et la plus innocente, pourrait rester sous le toit d'un amant qu'elle a repoussé? L'amour ne naît pas des bienfaits, ne peut pas en être réclamé comme la récompense. »

Sa mère le regardait tandis qu'il parlait avec un emportement presque farouche, dans le patois de leur province natale.

« Tu es un brave garçon, Germain, dit-elle humblement, et des larmes roulaient dans ses yeux à demi éteints; une meilleure âme que ta mère : car si elle était sourde à ton appel, si elle était de pierre devant ta bonté et ta générosité, je dirais qu'elle est indigne qu'on s'occupe d'elle, et si elle tombe dans la misère, elle l'aura mérité. Oui, c'est ce que je dirais, et il n'y aurait pas de mal que je ne pusse lui souhaiter ; que les saints là-haut me le pardonnent !

— Oh ! ne parlez pas ainsi ! dit Maryx avec un triste sourire ; c'est parce que vous avez trop bonne opinion de moi. Ce serait bien méprisable d'avoir des prétentions sur elle, seulement parce que nous lui avons rendu des services. Les sauvages mêmes laissent leurs hôtes libres après leur avoir donné abri. »

Sa mère se tut. Son esprit plus vulgaire et plus lent ne pouvait s'élever jusqu'à cette hauteur, mais elle ressentait cette noblesse d'âme ; seulement elle murmura, pour elle plutôt que pour son fils :

« Tu parles de ce que tu nommes génie ; je ne sais pas ce que c'est ; mais si cela amène avec soi la dureté de cœur, c'est une chose maudite et abominable ; et quant à faire des images de pierre, ce n'est pas un travail de femme. Elle a dix-sept ans, et jolie comme une fleur ! Au lieu de donner une forme à des pierres, et d'y mettre son âme, elle devrait voir ses yeux se refléter sur une douce figure vivante, et sentir sur son sein de petites lèvres d'enfant. »

Maryx était debout près de la cheminée ; son visage était dans l'ombre ; tout ce que sa mère avait dit lui remuait douloureusement le cœur et lui montrait d'une façon saisissante et crue tout ce qu'il avait essayé d'éloigner de lui, de repousser de ses plus secrètes pensées.

« Bonne nuit, dit-il enfin, se réveillant de son silence. Il faut que j'aille au Vatican ; j'ai promis à Antonelli. Ne me parlez plus jamais de cela.

— Est-ce donc impossible ? »

Son visage changea ; ses joues olive pâlirent et puis devinrent brûlantes.

« Je crois que oui. Mais qui sait ? peut-être quelque jour — et pourtant — accepterais-je un don qui ne serait pas libre et spontané ? J'aimerais mieux vivre toute ma vie sans amour que d'être aimé par reconnaissance. »

Puis il pencha la tête pour recevoir l'adieu de sa mère, et alla trouver le grand cardinal. Il avait à passer par la chambre où Giojà travaillait d'ordinaire. Une seule lampe brûlait. Il s'arrêta et regarda la *Penthesileia*. Des larmes lui vinrent aux yeux, les premières depuis ce jour de sa jeunesse où, mourant de faim, malheureux, sans amis, il avait gagné le prix de Rome.

Le pupitre élevé était tout près, couvert de volumes grecs et latins, avec les feuilles éparses des traductions de la jeune fille et les plumes d'oie dont elle s'était servie, et le verre qu'elle avait rempli d'héliotropes et de myrte pour en avoir le parfum en écrivant.

Il les caressa de la main.

« Et pourtant, ma chérie, que je prendrais soin de toi ! » murmura-t-il à demi-voix.

Puis il sortit ; mais comme il sortait, une blanche statue de marbre lui barra le chemin.

Un sentiment de maladive impatience le saisit lorsque, en se dirigeant vers la porte, évitant la statue et jetant un regard sur la figure éclairée par la lampe, il vit l'Apollon Citharœdus, — le visage d'Hilarion.

II

Le petit Grec Amphion, aux yeux en amande, venait souvent, avec sa flûte dans la poche de sa veste, à la maison du pont, et il jouait pour Giojà, quoiqu'elle eût cessé de lui réciter des vers.

« A quoi bon ? il ne comprend pas, » disait-elle. Mais elle n'était jamais fatiguée d'entendre les mélodies, et il n'était jamais fatigué de jouer.

Elle s'asseyait près des cendres chaudes de l'âtre et écoutait, les yeux à demi fermés.

Elle devint plus rêveuse ; elle étudiait moins ; elle passait moins d'heures dans l'atelier.

Un jour Maryx la trouva cachant sa tête sur ses bras, près d'un plan sur lequel était étendue la terre glaise prête pour une composition. Quand elle releva la tête, ses yeux étaient humides.

« A quoi bon créer quelque chose ? dit-elle. *Il* penserait toujours que ce n'est pas moi qui l'ai fait. »

Maryx la quitta sans dire un mot. Un peu plus tard, elle se mit à l'œuvre avec une ardente énergie, une fiévreuse ambition ; elle était devenue d'humeur incertaine et changeante, elle, la jeune Muse mé-

ditative, à l'âme profonde, qui avait été si indifférente et si sereine, pensant que rien ne pouvait la toucher hors l'art et Rome.

Quant à Hilarion, qui avait versé ce poison de trou-
ble et d'inquiétude dans le cœur de Giojà, je le voyais
rarement. Je ne le trouvais jamais chez elle. Ersilia
me dit qu'il y allait quelquefois à midi, quelquefois
au crépuscule, et sans doute il en était ainsi ; mais
pendant quelques semaines je ne l'y vis pas. J'étais
très occupé, car les journées étaient courtes, et comme
la dernière semaine du carnaval approchait, tous les
garçons et filles de mon quartier voulaient être chaus-
sés de neuf pour la tarentelle et la mascarade ; et
Palès avait à manger et moi aussi, et il n'y avait plus
de petite réserve d'argent dans le placard ; et quand
je voyais un fragment de manuscrit ou de vieux marbre, j'avais à tourner la tête d'un autre côté et ne
pouvais pas même me permettre d'y penser.

Un jour que j'étais là, Maryx la trouva de nouveau
assise à côté du travail, auquel elle n'avait pas touché, une main enfouie sous les boucles de ses cheveux, et le visage penché sur les pages ouvertes d'un
volume dans une extase d'adoration. C'était le poëme
de *Sospitra*.

Maryx regarda et lut par-dessus l'épaule de la jeune
fille sans qu'elle s'en aperçût. J'étais venu pour l'ac-
compagner à la maison, car il était près de six heures
du soir, et les vêpres se chantaient dans les milliers
d'églises de notre Rome.

Maryx devint plus sombre à mesure qu'il lisait. Il
fit un mouvement et elle leva les yeux. Son regard
humide avait une douce langueur et ses joues étaient
brûlantes.

« Vous avez renoncé à Homère, dit-il brusquement. C'était pourtant un meilleur maître. »

Elle garda le silence. Elle paraissait rêver.

Maryx ferma le volume de *Sospitra*, le poëme d'Hilarion, avec le geste de quelqu'un qui touche un fruit vénéneux.

« Ces vers que vous parcourez, dit-il rudement, sont comme nos forêts romaines à la mi-été : des clairières couvertes de florissante végétation, dont le sol est putréfié, et dont les glaises, au soleil couchant, amènent la fièvre, le délire et la mort. Sortez-en, retournez comme autrefois dans les vieux temples d'Homère, où vous apprenez la force et la patience et les mystères des dieux. Vous perdez votre temps, vous dissipez vos talents, en vous laissant bercer par cette persuasive sorcellerie de mots qui ne savent pas vous raconter une seule chose bonne ou belle, — rien que des histoires malsaines. »

Elle parut se réveiller de son rêve et l'écouter avec effort. Elle reprit le volume avec une caresse tendre.

« Vous êtes injuste, dit-elle, et je crois que vous ne comprenez pas. »

Puis je la vis rougir de nouveau, et je pensai à part moi : Hélas! hélas! elle n'a commencé que trop bien à comprendre les leçons de ce livre fatal, — fatal comme celui de Francesca.

Le visage de son maître aussi se colora vivement.

« Je suis injuste peut-être, reprit-il brusquement; mais je ne le crois pas. Je lui dirais à lui-même ce que je vous dis. Hilarion n'est pas poëte. C'est un diseur de chansons, et son cœur est froid, sa passion vile ; sa vie ne connaît ni honte ni chagrin. Quand il chante, hommes et femmes écoutent et leurs oreilles

sont agréablement bercées, mais leur âme se fane et
ils s'en retournent en chancelant, malades de fièvre.
Il est votre Apollon Soranus ; il a, il est vrai, la lyre
dans ses mains, mais les serpents enlacent ses pieds.
Pourquoi l'écoutez-vous ? »

Ses yeux imploraient ; sa voix perdait son irritation dédaigneuse et devenait une prière pathé-
tique.

Elle ne répondit pas, mais serrait le livre contre
elle, et sa figure restait calme et froide.

Ce silence augmenta la douleur de Maryx, et il
continua avec plus d'amertume et de sérieux :

« Vous aimiez l'art. L'art consiste-t-il à ne voir que
le cancre dans la rose, le ver dans le fruit, laissant de
côté la fraîcheur et la beauté ? C'est ce qu'il fait, votre
poëte ! L'art est la perpétuelle élévation de ce qui est
beau aux regards de la multitude, — la perpétuelle
adoration de cette beauté matérielle et morale que
les hommes oublient sans cesse dans la hâte et l'avidité de leur vie quotidienne ; si l'art n'est pas cela, il
est aussi vide et inutile qu'un pipeau d'enfant.

« Génie oblige. Voulez-vous être infidèle à cette
grande loi ? Les écrits d'Hilarion empoisonneront
votre génie, car ils le corrompront par le doute et la
science du mal. Je ne veux pas dire que je vous le
défends comme votre maître, mais, comme votre ami,
je vous supplie de résister à son influence.

— Vous êtes injuste, c'est un grand poëte, » dit-elle
simplement ; et sa figure ne changea pas, et elle se
retourna pour s'en aller, ses mains serrant toujours
le livre. Elle restait insensible à l'ardente suppli-
cation du regard de Maryx ; en vérité, il n'y a rien
de plus froid sur la terre qu'une femme qui aime

avant tout ce qui est en dehors de son amour.

Quelque chose de cette tranquillité et de cette in-différence tomba sur le cœur de Maryx comme la glace sur le feu. Le sang lui monta au visage, et ses yeux s'allumèrent d'une colère irrésistible. D'un geste soudain il arracha le livre des mains de Giojà et avec un juron le lança par terre.

« L'appelez-vous poëte parce qu'il a le don d'une cadence sonore et que ses mots se suivent avec un rhythme musical? Mensonge! blasphème! lui poëte! Un poëte souffre avec tout ce qui vit; tout ce qui est humain l'émeut; tout ce qui palpite le touche, et sa joie et sa douleur sont plus puissantes que les joies et les douleurs des hommes. Il regarde le monde comme Christ regardait Jérusalem, et pleure; il aime, et le ciel et l'enfer sont dans son amour; il est fidèle jusqu'à la mort, parce que la fidélité seule peut donner à l'amour la grandeur et les promesses de l'éternité; il est comme les martyrs de l'Église, qui, les membres disloqués sur la roue, tenaient les roses du paradis dans leurs mains et entendaient la voix des anges. Voilà le poëte; voilà ce qu'étaient Dante, et Shelley, et Milton, et Pétrarque. Mais cet homme-ci, ce barde des sens dont la seule lamentation est que les appétits du corps sont trop vite épuisés, lui un poëte? Néron aussi jouait de la harpe! Néron aussi était poëte! »

L'éloquence passionnée qui était naturelle à Maryx le secouait comme un chêne battu par l'orage. Il at-taquait de sa haine et de son mépris ce livre, em-blème de l'homme qui l'avait conçu. Il croyait mau-dire le faux génie; en réalité, il pressentait le rival indigne, et déjà presque le rival préféré.

Giojà écoutait, et son jeune visage devint sérieux comme celui d'Athèné Promachos; les lignes de sa bouche s'arquèrent avec une muette sévérité de douleur et de rage. Elle ramassa le livre et le pressa contre son sein de ses deux mains jointes.

« Vous êtes injuste, » dit-elle simplement.

Maryx se tenait silencieux, hors d'haleine comme un homme épuisé par une lutte corporelle. Sa poïtrine s'élevait et s'abaissait; il devint très pâle.

« J'ai été trop violent, je vous ai offensée; pardonnez-moi, murmura-t-il à voix basse; chère Giojà, je me suis oublié. Voulez-vous me pardonner et mettre votre main dans la mienne? »

Elle jeta sur lui un regard presque cruel. Il n'y avait là ni pardon ni réponse.

« Vous êtes mon maître et vous avez été mon ami, dit-elle lentement; sans cela.... » Elle tendit sa main.

Mais il la repoussa d'un geste involontaire de chagrin passionné.

« Si c'est *ainsi*, mieux vaut jamais, dit-il d'une voix enrouée; laissez-moi sans pardon. Je ne réclame pas de dettes. »

Il se détourna et quitta la chambre. J'entendis ses pas résonner sur le pavé de marbre de l'atrium, puis dans le jardin.

« Oh! ma bonne enfant! qu'as-tu fait! Comment as-tu pu le blesser ainsi? » lui dis-je avec désespoir, sentant la flèche de sa dureté me percer le cœur.

Quand elle tourna les yeux vers moi, je les vis pleins d'une grande douleur; ils avaient aussi un regard rêveur comme s'ils voyaient au loin quelque douce vision.

« Je suis fâchée, mais je ne pouvais pas agir autrement, — à moins d'être infidèle, » dit-elle doucement et très bas. Puis elle aussi s'en alla, tenant
toujours son livre, et me laissa plein de tristesse et
d'effroi.

III

Les jours des masques joyeux et fous arrivèrent, — les masques du carnaval, que j'avais tant aimés quand j'étais petit garçon et auxquels, depuis le temps que je travaillais sous mon Apollon et Crespin, je ne manquais jamais de me mêler, aussi fou que les autres, avec ma bougie enflammée et mon sifflet de Befana, et le sel et les jeux de cette guerre d'esprit que depuis les *sept nuits des Saturnales* Rome entend chaque année à la mi-hiver.

Doux Seigneur! penser que pendant deux mille ans et plus, le long des rives du Tibre, dans le Velabrum et sur la voie Sacrée, hommes, femmes et enfants sautaient, dansaient, criaient, élisant leur roi du festin et échangeant leurs étrennes de bougies de cire et de figurines de terre glaise — et qu'à présent nous faisons juste la même chose, dans la même saison, aux mêmes places ; seulement la vraie gaieté faunique a disparu avec le vieux Saturne renversé, et en place nous avons un grand étalage de vain luxe! C'est affligeant ; l'humanité paraît si sotte. Mieux vaut être le fou de Heine qui se promène sur la grève et demande aux vents d'où ils viennent et où ils vont. Vous

vous souvenez du poëme de Heine, celui de la *Mer du Nord*, qui demande ce qu'est l'homme et ce qui adviendra de lui, et qui habite les étoiles ; le poëme qui chante le murmure constant des vagues et du vent qui s'élève, les nuages chassés par la brise, les planètes qui brillent, si froides et si lointaines, et comment, sur le rivage, un fou attend une réponse et attend en vain. C'est un poëme terrible, et terrible parce qu'il est vrai.

Chacun de nous est sur la rive de l'océan sans fin du Temps et de la Mort, et toutes les forces aveugles, splendides, muettes, majestueuses de la création se meuvent autour de nous et cependant ne nous disent rien.

Il est étrange qu'entourés de cet effrayant mystère, nous puissions vivre gaiement comme nous faisons ; qu'au bord de ce rivage mystique nous puissions encore songer au crabe dans son rocher, à l'anguille dans le sable, à la voile dans le lointain, au visage de l'enfant près du foyer.

Quant à notre carnaval, il est certainement un peu niais, et il est étrange que pendant deux mille cinq cents ans des âmes qui, tout ce temps, se sont crues immortelles, aient aimé cette parade et ces folies. Mais, quoi qu'il en soit, le carnaval est pittoresque, et nous autres Romains, nous sommes peut-être le seul peuple, avec les Milanais, qui sachions nous amuser.

Rome a bon air au soleil d'hiver avec les couleurs bigarrées des masques sur ses grands escaliers, ses vastes cours, sous les grands remparts sombres surmontés d'aloès et d'orangers, et dans les passages, sous les arcades où se balancent les lanternes ; quand des millions de costumes étalent leur brocart et leur satin

aux portes des boutiques et dans les tanières de re-
vendeurs, et font miroiter leurs couleurs à la brise,
tandis que dans chaque coin et recoin des vieilles
rues escarpées et des vastes piazze, il y a des groupes dansant et jouant au son du tambourin.

On est content d'échapper au bruit dans le calme
des galeries désertes ou des avenues d'ilex des jardins
et des bois ; mais néanmoins Rome a bon air et aurait
plu à Commode et à Messaline, quand les chevaux
sans cavaliers volent de la colonne du Soleil au palais
vénitien, et qu'on mène la guerre des bougies allumées
le long du Corso, sous les balcons rouges et blancs ; il y
a des groupes qui réjouiraient l'âme d'un peintre sinon
d'un sculpteur ; ici un groupe de jeunes filles en masques noirs s'élance du haut d'un escalier au son de la
mandoline ; là, des portes de quelque gigantesque
palais, une bande de tapageurs bariolés se précipite
vers l'ombre où jouent les fontaines entre les feuilles
déchiquetées des palmiers et des cactus.

Au plus fort du carnaval, Giojà ne sortait que rarement et toujours accompagnée par Maryx ou moi.
En réalité, très peu du tapage de la ville approchait
le Ponte Sisto ; mais on rencontrait des troupes de
masques pinçant de la guitare, battant du tambourin,
et les bonnes gens de la via Giulia et de ses envi-
rons n'étaient pas les voisins les plus tranquilles.

Elle ne pouvait pas endurer ce bruit ni voir les déguisements grotesques ; la Rome du passé n'était jamais pour elle la Rome des Saturnales, des grossiers
Ludi liberales, des bacchantes (matrones enivrées),
de la Bona Dea, de la vile populace qui se battait pour
les viandes grillées et les gâteaux savoureux de Domitien.

La Rome du passé était toujours à ses yeux la Rome chaste, austère, noble, retenue des premiers jours, où une poignée d'herbe avec les racines entourées de terre était le symbole du plus haut pouvoir, où la voix de Scipion Nasica s'élevait contre les théâtres, comme un luxe efféminant.

C'était ainsi qu'elle songeait à Rome, et les foules du carnaval la choquaient plus que ne l'avaient fait les cris des marchands de poisson et des charretiers près du portique d'Octaviana, la première matinée de son arrivée à Rome.

Un jour j'essayai de lui persuader que le Corso était beau à voir avec ses foules bigarrées, ses balcons drapés, les fleurs et les soldats, les masques et les dominos, les charrettes et les chariots, la musique résonnante et les joyeux visages de ces mille acteurs improvisés ; mais elle ne voulut pas m'écouter.

« C'était la voie Flaminienne ! me dit-elle avec reproche. Il n'y a qu'une sorte de procession qui lui convienne : les esprits des légions qui, à la tombée de la nuit, passent devant la tombe de Sylla. Ne les voyez-vous jamais ? Moi, je les vois chaque fois que vous m'y menez au clair de lune. »

Et sans doute il en était ainsi ; aussi bien l'imagination de Martial voyait « tout Rome » attendant Trajan, tandis que Trajan était mort.

Elle avait l'habitude, pendant ces jours bruyants, de se promener dans les beaux vieux jardins du Vatican ou de la villa Albani, ou d'autres endroits où Maryx obtenait pour elle libre entrée ; ou bien, aux heures où tout le monde se masquait, elle allait dans les avenues d'ilex de la villa Médicis, où vous voyez Saint-Pierre derrière un écran de feuilles de chêne,

et qui, tandis que vous traversez les arches fraîches
et sombres de buis taillé et d'arbousiers, semblent
aussi éloignés du mouvement et de la vie des innombrables habitations au pied de la terrasse, que si
Rome était à mille lieues derrière les montagnes.

Le carnaval la froissait comme une note discordante ou une ligne de travers dans un dessin. Elle
préférait qu'on la laissât seule sur l'herbe, devant la
façade renaissance de la grande académie, ou bien à l'intérieur, admirant les statues de l'Antinoüs du Bras-
chi et de la Junon du Capitole, ou encore elle passait
le jour au palais Borghèse, où se trouvent les fresques
de Raphaël des Noces d'Alexandre (qu'elles sont
pures et parfaites ses fresques ! il n'aurait jamais dû
toucher à l'huile !) et où, par la fenêtre du corridor,
vous apercevez la fontaine jaillissante, et à travers
l'arche derrière la fontaine, les arbres au bord du Tibre,
tandis que dans les salles voisines sont les Grâces du
Titien et ses Amours, et les Saisons d'Albano, et les
doux saints de tant de peintres d'autrefois, et
les Christs mourants, et cet admirable Presepio de
Lorenzo Credi qu'on ne connaît pas assez, et cette
Sainte Cécile du Dominiquin, qu'ils nomment là-bas
une Sibylle, en dépit de son luth et de sa musique.

Je ne fus donc pas peu étonné lorsqu'un des derniers
jours de ce carnaval, j'allai avec elle, selon ma vieille
coutume pendant ces après-midi tapageuses, dans le
petit jardin du casino Rospiglioso, qui est un de nos
plus jolis endroits. Quelque étroit qu'il soit, il semble
renfermer toute la Rome du moyen âge, quand, par les
escaliers tournants couverts de lichens et de plantes
grasses et de marbres brisés, vous montez au jardin
et voyez ses pelouses d'émeraude polie, ses larges

magnolias, ses vastes viviers, ses orangers, ses
citronniers, et enfin le bâtiment couvert de fresques
où l'Aurore du Guide plane, éternellement jeune, et
les Heures légères courent devant le Soleil.

Je dois avouer que, quant à moi, je ne me soucie
guère de cette Aurore ; ce n'est pas une incarnation
du matin, et quoique elle plane admirablement et pa-
raisse vraiment se mouvoir, elle n'est nullement éthé-
rée et ne rappelle le matin ni du jour ni de la vie.
Quand le Guide l'a peinte, il était sans doute amoureux de quelque fraîche épouse de tavernier, dans sa
robe de fête.

Mais quoi qu'on puisse penser de la célèbre Aurore,
la beauté de son asile paisible, abrité par les murs
majestueux du palais, est incontestable; ce petit coin
est splendide dans sa solitude ; le fruit brun du ma-
gnolia se penche sur l'herbe, et les merles picotent
parmi les primevères et toute la pompe royale. Les
âges écoulés se déroulent devant vous, et vous croyez
entendre Métastase enfant, récitant des strophes sous
ce marronnier, là-bas, tandis que les cardinaux, les
nobles, de gracieuses dames et de jolis pages l'écoutent,
appuyés sur le bord en pierre du bassin central.

Car c'est le charme spécial, la magie de Rome, que,
tout en étant assis indolemment dans l'une des allées
de ces splendides jardins, vous pouvez évoquer une
série de siècles et faire lever devant vous toutes leurs
pompes et leurs douleurs aussi aisément que de petits
enfants tournent les pages d'un livre d'images colorié,
jusqu'à ce que leurs yeux soient éblouis.

Giojà m'étonna singulièrement ce dernier jour de
février, lorsque en nous promenant là, tandis que la
ville était remplie de masques, elle se tourna soudain

vers moi, toute pâle et les yeux humides et me pria de
la mener voir le carnaval dans les rues. Nous venions à
peine d'arriver et nous comptions voir le coucher du
soleil derrière les ruines du temple du Soleil, dans les
jardins Colonna, avec leurs jolis pigeons, et d'où l'on
voit le Capitole derrière les cyprès et les pins et là
haute vieille tour, noircie par les guerres, de Santa-
Catarina s'élevant au-dessus du feuillage, et plus bas
le murmure des cascades et le reflet de l'or épars des
orangers.

Rien ne pouvait m'étonner davantage que de l'entendre me dire, ce dernier grand dimanche de carnaval :

« Menez-moi le voir quelque part d'où je ne sois
pas vue. Ne le pouvez-vous pas? »

Je restai muet de surprise, puis, en réfléchissant, je
me réjouis qu'un intérêt juvénile pour les choses gaies
et folles s'éveillât enfin en elle.

Il n'était pas très facile de satisfaire son désir,
car chaque coin du Corso vaut de l'or ces jours-là;
mais j'avais beaucoup d'amis, entre autres une bonne
âme, un vieil apothicaire-herboriste, qui avait une
petite boutique obscure, sur le Corso, juste en face
du grand square où jadis des sénateurs et des patri-
ciennes furent brûlés au poteau pour éclairer le char
de Néron; et à gauche des arbres et des buissons où
César et Pompée festoyèrent dans le temple d'Apollon.

L'apothicaire m'avait dit un jour que je pourrais
avoir une de ses petites fenêtres basses ouvertes au-
dessus du caveau d'un noble romain, à côté d'un
quattro cento portico.

J'y menai donc Giojà avant que la fête eût commencé, et elle put s'asseoir sans être vue dans l'em-

brasure de la fenêtre, entre les flacons et les bocaux de la devanture.

Personne ne pouvait la voir, car les riches étoffes de pourpre et les tapis turcs qui drapaient le balcon du portico voisin la cachaient presque entièrement.

Que désirait-elle voir? Elle paraissait anxieuse et préoccupée.

Mon maigre et docte ami, un apothicaire de Molière ou de Goldoni, la regardait gravement, tandis qu'elle se tenait là assise dans la boutique, silencieuse et absorbée, ses beaux yeux d'antilope en éveil cherchant quelque chose le long du Corso, qui se remplissait de monde.

La musique commença, les clairons sonnèrent, le bruit aigu des clameurs romaines s'éleva ; les pauvres petits oiseaux frétillants, attachés aux bouquets, étaient jetés et rejetés du pavé aux maisons ; car qui prendrait garde à leurs souffrances, pauvres simples habitants des chèvrefeuilles odorants et des acanthes de la vaste Campagna, ici où Zénobie et Vercingétorix, et tant d'autres nobles âmes, ont été traînés avant eux, enchaînés et captifs à la suite du vainqueur?

Giojà était assise attentive, le menton appuyé sur sa main, ses bras sur l'encadrement en pierre de la petite fenêtre ; l'apothicaire et moi, vieilles gens satisfaits d'être tranquilles, étions debout derrière elle, songeant aux gais carnavals de notre jeunesse, alors que tirer sur ennemis et amis, secouer les vessies, attraper les fleurs et les bonbons, danser au grincement de nos violes, habillés de toutes les couleurs de l'arc-en-ciel, c'était pour nous le meilleur temps de la joyeuse année.

Une heure et plus passa, la rue sinueuse était couverte de chevaux piaffants et d'une foule aussi compacte qu'aux triomphes des armées d'Asie ou d'Afrique, sous Scipion ou Sylla. Elle observait, immobile; enfin je vis une soudaine rougeur colorer son visage; un éclair passa sous les paupières baissées de ses yeux attentifs.

C'était le jour où les beaux équipages des princes et de la noblesse défilent, dorés et glorieux, sous une pluie de fleurs.

Je regardai dans la rue; il y avait juste au-dessous de nous une très aristocratique voiture, couverte de camellias rouges et blancs; étendus derrière ces flots de fleurs, je vis Hilarion et la duchesse Lovrana; debout devant eux, dans un déguisement de fantaisie, se tenait Amphion. Je m'imaginai qu'il avait l'air sombre.

Giojà observait, et rougissait de plus en plus, puis pâlit. Elle ne parlait pas, ne remuait pas; la voiture s'était arrêtée un instant sous la pression de la foule, puis se dirigea lentement vers la colline de Néron.

Amphion avait levé les yeux; lui seul avait découvert la jeune fille cachée dans la petite fenêtre par les découpures de l'encadrement et les étoffes.

Il embrassa une branche de camellias et la jeta vers elle; les fleurs tombèrent et furent aussitôt piétinées par la foule.

La voiture passa; Giojà ne fit pas un mouvement; elle était devenue aussi blanche que le marbre dans lequel Maryx avait taillé sa Nausicaa.

Je compris pourquoi elle avait demandé à venir.

Amphion le lui avait dit sans doute, car il semblait jouer de mauvaise grâce son rôle dans le spectacle. Elle ne remuait pas; elle semblait sourde au gai tumulte, et je vis bien que ce n'était plus le spectacle de la rue, c'était sa pensée qui l'occupait.

Elle resta assise toute l'après-midi; la voiture passa trois fois; Amphion ne jeta plus de fleurs. Hilarion ne regarda pas une fois vers la petite fenêtre derrière le grand écusson; il souriait et parlait indolemment à l'oreille de sa compagne, et lançait des camellias aux femmes de sa connaissance.

Quand le coucher du soleil s'enflamma de pourpre derrière les arbres des jardins de Lucullus, elle quitta la fenêtre avec un geste brusque, comme quelqu'un qui s'éveille transi d'un mauvais rêve.

« Pouvons-nous rentrer par quelque rue détournée? je suis fatiguée. »

C'était difficile; mais par une porte de l'arrière-boutique de l'apothicaire nous entrâmes dans une cour ouverte, puis, par un tournant, dans la via di Ripetta, sur le quai Ripetta, où mon ami le batelier ramait tranquillement dans son bateau, qui avait l'air d'une arche de Noé.

La nuit tombait, les brouillards d'hiver descendaient sur la rivière; sur la rive opposée un vent froid agitait les aunes; des bœufs tiraient des troncs d'arbres; quelques paysans s'en retournaient vers les champs de Saint-Angelo, où les messagers du Sénat saluèrent Cincinnatus.

« Faisons une promenade; il y a longtemps que je n'en ai fait, dit-elle fiévreusement, et sa voix était changée. Allons là-bas dans la campagne.

— Mais il fait si froid et presque sombre.

— Qu'est-ce que cela fait? » dit-elle d'un son de voix qui me parut irrité, car je l'avais toujours connue d'humeur parfaitement douce et égale, non-seulement dans les grandes choses (où c'est facile), mais dans les petites, ce qui est bien plus difficile.

J'avais l'habitude de lui céder toujours. Mon vieil ami, le Caron de Ripetta, nous fit traverser l'eau calme et brumeuse, et bientôt nous fûmes sur l'autre rive, marchant contre un vent froid qui secouait les arbres dépouillés de feuilles, puis à travers les prairies humides, autrefois l'emplacement des Navalia, où les galères qui menaient sur la haute mer Rome à ses conquêtes étaient mises à sécher parmi les joncs et l'ail sauvage.

Elle ne parlait pas, elle marchait droit devant elle, de ce pas vif et élastique que Maryx trouvait digne d'Atalante.

Tout était muet et fantastique; l'humidité montait comme de la fumée; les énormes masses du Vatican et de Saint-Angelo paraissaient à peine à travers l'obscurité; dans les herbes de ces prairies, jadis le cirque de Néron, coassaient des grenouilles et des crapauds; dans la brume épaisse, on croyait voir les vierges chrétiennes, tuées après avoir passé par pire que la mort, comme Pasiphaé, Dircé, Amyone; on croyait voir le Mercure touchant chaque corps nu de son caducée de fer rougi, pour chercher si quelque reste de vie pouvait encore prolonger le doux spectacle de la torture et, appelant les esclaves masqués, leur ordonnant de tirer les corps encore vivants par les pieds et les achever à coups de maillet, devant Néron et les belles dames peintes souriantes.

« Retournons, lui dis-je; cet endroit est affreux la nuit; on s'imagine voir des revenants, cette terre a été trempée de sang; rentrons. »

Mais elle ne paraissait pas entendre; elle marchait

à travers les herbes mouillées la tête nue au vent.

« Est-ce une mauvaise femme? demanda-t-elle soudain.

— Quelle femme, ma chère? » Il me semblait qu'ici on ne pouvait songer qu'à Poppée — la jolie, la légère, l'impériale Poppée, furie avec la tête des Grâces.

« Celle qui était avec lui, dit-elle simplement.

— Oh! probablement ni bonne, ni mauvaise; la plupart des hommes et des femmes ne sont ni l'un ni l'autre. Retournons; la nuit est très froide.

— Voyons, dites-moi quelle espèce de femme c'est, reprit-elle avec son insistance habituelle.

— C'est une grande dame, épouse infidèle, princesse et courtisane : type assez commun dans le grand monde, indigne d'une de vos pensées.

— Alors c'est une mauvaise femme?

— Ma chère, dans leur monde, ils ne se servent pas de ces expressions. Si c'était la femme d'un tavernier ou d'un charpentier, on la nommerait mauvaise, sans aucun doute, et son mari ferait usage de son poignard, ne fût-ce que pour n'être plus la risée de ses voisins. Mais dans le grand monde ils ont une autre logique et une autre morale. Chez nous, la faute est la faute, mais leurs raisonnements sont plus compliqués, comme il convient à des gens plus cultivés. Pourquoi parler de ces choses? vous ne comprenez pas les nuances entre le vice et la légèreté suivant la différence du rang. »

Elle ne répondit pas, mais continua à marcher à travers les champs humides où Cincinnatus avait abandonné la charrue pour servir son pays, afin que, quelques centaines d'années plus tard, Caligula et Caracalla devinssent les maîtres du monde. O dérision qui te nommes histoire! Que de peine les hommes se sont donnée pour n'aboutir qu'à rendre l'humanité misérable!

« Pourquoi parler d'amour alors? dit-elle d'un son de voix bas et méprisant; l'amour ne naît pas *ainsi*.

— Ma chère, il y a très peu d'amour en ce monde; il y a bien des sentiments qui lui empruntent sa figure : de vives passions volages, de pauvres égoïsmes de toutes sortes, des vanités et maintes autres faiblesses, Apatê et Philotês sous mille déguisements divers. Les amours de la plupart des hommes, et même des femmes, ne valent guère mieux que l'amour de Minos pour Scylla; tu te souviens comme il l'a jetée à bas de la proue de son vaisseau après qu'elle, eut coupé les boucles de Nisias. Un grand amour ne peut surgir que d'une grande nature; et quand le cœur s'est dépensé en petit commerce, il n'a pas de profond trésor sur l'or duquel on puisse compter; il fait banqueroute à force d'affaires. Une noble passion est très rare, crois-moi, aussi rare que toute autre noble chose.

— Oui, je peux m'imaginer cela. »

Sa voix paraissait fatiguée et plus faible que d'ordinaire, et ses pas se ralentirent.

« Et pourtant, Sospitra était plus heureuse, ajouta-t-elle, mourant mais ayant connu l'amour, que si elle avait vécu sans amour, avec la science que tous les pouvoirs de la terre et de l'air auraient pu lui donner.»

Je vis bien que le maudit poëme s'était emparé de son esprit.

« Sospitra est une simple fantaisie, une figure ima-

ginaire, lui dis-je, et celui qui l'a composée a peut-
être fait pleurer le monde, mais n'en a pas plus
épargné une femme. Il est comme Phinéus, que Po-
seidon a châtié; il a les hauts dons de prophétie et de
sagesse, mais deux harpies ne le quittent pas, et leur
haleine empoisonne tous les mets qu'il touche. Ces
harpies sont la satiété et la méfiance. »

Elle ne répondit pas. Je l'entendis soupirer; elle
continua de marcher tête nue contre la bise, laissant souffler le vent dans ses cheveux.

La route court et serpente entre les haies et les
champs; c'est ravissant au printemps, quand l'herbe
est pleine de violettes et de fritillaria, et d'odo-
rantes tulipes jaunes et de bourrache bleue, tandis
qu'entre les troncs des vieux lièges et des chênes vous
voyez la coupole cuivrée de Saint-Pierre se dresser
dans le ciel, et le dôme d'Agrippa, et les collines
albanaises; mais la nuit, la route est monotone et
noire et peu sûre.

Je fus content de retourner, pour traverser la
rivière sans qu'elle s'en aperçût, car elle ne prenait
pas garde où nous allions.

Je me dirigeai vers la maison en trébuchant à travers l'obscurité et les brouillards. De l'autre côté du
Tibre on voyait serpenter la ligne de lumières où fes-
toyait encore le carnaval. Les sons lointains de la trom-
pette, un bruit sourd de tambour arrivaient jusqu'à
nous à travers la nuit vaporeuse. Des feux d'artifice de
toutes couleurs s'élevaient dans l'obscurité pour amuser le peuple; ils partaient du square près de la tombe
d'Auguste, où Livie s'assit près du bûcher enflammé
et resta sept nuits et sept jours, dépouillée de ses
vêtements royaux, les cheveux épars, tandis que

l'aigle libéré fendait l'air et s'élevait au-dessus des flammes.

Nous rentrâmes en silence, le long de la rivière et par-dessus notre pont, où l'eau tombait, pâle et belle, dans la place isolée.

« Bonne nuit, mon bon Crespin ! » dit-elle doucement, et sa voix me parut incertaine, comme pleine de larmes.

Je la quittai avec une vague inquiétude. Je m'assis auprès de ma petite lampe, et les heures me parurent tristes.

Les échos de l'orgie bruyante m'arrivaient confusément ; les lumières des feux de couleur rendaient le ciel d'or et de pourpre au-dessus des dômes et des toits sombres ; au delà du pont et dans la rue, passaient en dansant des groupes joyeux de masques avec des vessies et des luths dans leurs mains. Je ne pensais qu'à Gioja.

Le génie lui avait donné l'épée et le fil conducteur ; mais de quelle utilité lui seraient-ils ? Elle les jettera aux pieds de son idole ; les dieux sont faibles et les hommes cruels.

La fatigue triompha de moi, mes yeux se fermèrent, et je ne vis pas qui sortit de la maison du pont.

IV

Comme je l'appris plus tard, lorsque Giojà monta l'escalier pour rentrer chez elle, il faisait sombre, presque nuit, car la lampe à trois mèches n'en avait qu'une allumée et il n'y avait pas de feu dans l'âtre, la vieille Ersilia étant en toutes circonstances une femme économe, observant avec raison que les grandes choses concernent le bon Dieu, mais que les petites sont de notre ressort; que si le bon Dieu nous envoyait une tempête, il n'y avait pas moyen d'y échapper, mais que si notre chaussette ou notre chemise était en lambeaux, la faute en serait à nous.

Ne voyant pas de lumière, la jeune fille avança sans rien distinguer que la forme vague d'Hermès, et elle sentit la froide main d'Hilarion avant d'avoir eu le temps de s'apercevoir de la présence de quelqu'un.

« Dehors, par cette nuit brumeuse et humide! dit-il tendrement. Est-ce raisonnable? n'est-ce pas faire du tort à ceux qui vous aiment? »

Elle s'éloigna de lui et resta silencieuse.

Sa figure était toute pâle, ses cheveux trempés par les brouillards, ses yeux voilés et dilatés, dans le froid et l'obscurité.

« Allumons le feu ; vous êtes transie jusqu'aux os,
dit-il doucement, en lui reprenant les mains ; mais elle
les retira vivement. Les frissons sont dangereux dans
notre vieille Rome. Qui est allé avec vous ? Crespin ?
L'âge aurait dû le rendre plus sage. J'ai eu une fati-
gante, ennuyeuse journée. Y a-t-il rien de plus stupide que le bruit des foules ? Je suis venu, espérant
une heure de repos ; dois-je m'en aller ? Parlez, je
vous obéis. »

Et il se pencha sur la pierre de la vieille cheminée,
remuant les fagots et les pommes de pin, et s'occupa
d'en faire monter la flamme ; il alluma les autres
mèches de la lampe et jeta devant le foyer un tapis en
peaux de bêtes qu'il avait apporté de sa voiture, et
la lumière ayant réchauffé et animé la chambre, éclaira
une corbeille de roses posée sur le plancher.

« Asseyez-vous, » dit-il aimablement, et elle lui obéit,
s'asseyant sur un tabouret de bois de chêne, sans mot
dire ; la vapeur de ses cheveux humides entourait sa
tête d'une pâle auréole ; elle était habituée à voir Hilarion, et sa présence ne lui parut pas étrange.

« Voici les roses thé que vous aimez, continua-t-il
en s'agenouillant près de l'âtre et lui jetant quelques
fleurs. Ces grandes roses rouges sont des maréchal
Bugeaud ; que c'est barbare de donner un nom guerrier à tant de parfum ! et voilà la belle Marguerite,
et celle-ci est la Narcisse, et celle-là l'Hymen ; voyez
comme elle est dorée et brillante, et quelle suave odeur !
et cette rose si blanche et si pure est ma favorite
entre toutes, la Niphilos ; elle vous ressemble à présent : vous êtes si pâle. Pensez-vous que je ne vous aie
pas vue, cette après-midi, à la petite fenêtre ? Le petit
Grec vous a jeté des camellias. Je n'aurais pas voulu

vous donner des fleurs qui étaient pour tout le monde ;
je ne voulais pas même vous regarder de la place où
j'étais. C'eût été une profanation. »

La couleur remonta aux joues de Giojà ; elles devinrent brûlantes ; ses yeux se baissèrent.

« Alors, pourquoi y étiez-vous ? » dit-elle très bas,
mais d'une voix ferme ; puis elle se tut, comme
effrayée.

Hilarion sourit ; mais il se baissait pour ramasser
d'autres roses, et elle ne vit pas le sourire.

« Parce que les hommes sont des fous, ma chère,
dit-il gravement. Parce que nous ne sommes pas
plus raisonnables que les niais poissons que les paysans de la Thuringe prennent dans leurs filets, sans
autre amorce qu'un petit morceau de miroir placé
dans les joncs de la rivière. Les folies passées ont des
obligations présentes ; de vieux péchés ont de longues
ombres ; mais que savez-vous de ces choses ? Croyez-
moi, j'étais fatigué de...»

Elle le regarda, puis détourna les yeux.

« Vous ne paraissiez pas si ennuyé, » dit-elle avec
quelque nuance de reproche dans la voix.

Hilarion sourit.

« Mon enfant, un homme en public n'est pas lui-
même : son visage porte un masque ; c'est quand il est
seul, qu'il faut le voir et le juger.

— Mais cette femme dans la voiture, Amphion m'a
dit que... vous l'aimez ! »

Elle parlait très bas, avec une sorte de honte.

Le visage d'Hilarion s'assombrit.

« Comment ! il bavarde donc, ce petit Grec ! il ne
peut donc pas garder son haleine pour sa flûte ? Que
vous a-t-il dit de plus ?

— Presque rien. Seulement que vous seriez avec elle aujourd'hui où je vous ai vu.

. — Et c'est pour cela que vous êtes venue ?

— Je voulais la voir. »

Sa bouche avait une expression de mépris que Maryx n'avait pas mise dans sa Nausicaa. Elle n'avait pas conscience de tout le sens de ses paroles. Elle disait simplement la vérité, ainsi qu'elle faisait toujours.

Hilarion jouait avec ses roses. Puis, s'agenouillant devant elle, il prit une de ses mains entre les siennes, les appuyant avec les roses sur les genoux de la jeune fille.

« Je l'ai aimée peut-être, comme beaucoup d'autres, d'une passion que vous ne connaissez pas : est-ce passion même, est-ce caprice, quelque vil et pauvre et bas caprice ; car les hommes sont ainsi faits. Me méprisez-vous de vous l'avouer ?

— Je ne sais pas, » murmura-t-elle ; elle changeait de couleur et tremblait en parlant ; elle ne le regardait pas. Elle ne savait pas ce qu'elle éprouvait ; mais les paroles d'Hilarion la frappaient comme un poignard : comment l'amour pouvait-il jamais être vil ?

« Croyez-vous que je l'aime *à présent ?* » dit-il, et il la regarda à la lueur du feu.

Giojà sentait son cœur battre violemment ; elle ne savait pas pourquoi, elle eut peur, elle se leva laissant tomber les fleurs et retirant ses mains.

« Qu'en pensez-vous ? » dit-il avec une douce insistance, toujours agenouillé, et suivant avec plaisir les tumultueuses émotions de la jeune fille.

Elle était debout, blanche et immobile, son cœur

battant si haut qu'il pouvait l'entendre dans le silence de la chambre.

« Que sais-je? murmura-t-elle. L'amour n'est-ce pas toujours l'amour? il ne saurait changer, je pense, — et vous étiez là-bas tantôt. »

Il sourit, et ses yeux avaient un reflet qui était moitié moquerie, moitié regret.

« Chère enfant, les hommes ont bien des amours; leurs vrais noms sont le vice, ou la vanité, ou la faiblesse, ou d'autres pires encore que vos oreilles ne doivent pas connaître. Mais l'amour dont vous parlez ne vient que rarement et à peu d'élus. J'ai écrit sur l'amour toute ma vie, sans le connaître, avant de vous voir. Êtes-vous froide à mon égard? vous êtes si immobile et si pâle. »

Giojà porta les mains à sa poitrine.

« J'ai peur ! » s'écria-t-elle, et elle frissonnait comme du froid de la nuit.

Hilarion à genoux courba la tête et baisa doucement les pieds de Giojà.

« Peur ? — de moi ?

— Non, de moi-même plutôt! » Une merveilleuse lumière, un rayonnement de beauté éclaira son visage et le transforma comme l'arrivée du matin transforme la terre et le ciel; elle étendit les bras vers les ombres autour d'elle, comme pour prêter serment à quelque dieu invisible.

« Ce sera toute ma vie! » dit-elle, avec un sanglot dans la gorge et la gloire du matin dans les yeux.

Il comprit.

Il se releva et l'embrassa sur les lèvres.

V

Le lendemain, de bonne heure, j'étais assis à mon étalage, travaillant au petit jour, car le ciel était gris et sombre, et la fontaine semblait frissonner de froid, et Palès tremblottait malgré toute la paille; il y avait à quelque distance un bruit discordant de trompettes qui faisait penser à Sénèque et à sa mésaventure avec le cor de chasse du faiseur de tours.

On ne voyait pas une créature vivante. Les gens fatigués de la fête nocturne se reposaient encore au lit, pour pouvoir recommencer avec entrain leurs cabrioles après midi. Je travaillai sans interruption; quelques flocons de neige tombaient sur les têtes de Crespin et Crespinien, au-dessus de la mienne.

Tout à coup une petite forme agile, accourant le long de la voie Julienne, s'arrêta près de moi; elle était déguisée en troubadour du moyen âge et tremblottait, couverte de boue.

« Amphion! » m'écriai-je stupéfait, tandis que Palès jappait autour de ses mollets amaigris.

C'était en effet le jeune Grec, épuisé de fatigue, tout gelé, faisant pitié à voir.

« Il m'a renvoyé! — Amphion gémissait comme un

enfant de sept ans. — Sans un mot, sans un signe, il
m'a dit de m'en aller et de ne jamais tenter de revenir.
Qu'ai-je fait? oh! qu'ai-je fait?

— Vous avez offensé Hilarion? demandai-je sans
surprise, car ses caprices se terminaient souvent ainsi.

— Je ne sais pas, répondit Amphien en sanglotant;
je n'ai rien fait, rien, rien! Quand il rentra la nuit
dernière, il était très tard; il m'avait dit de l'attendre,
et je n'avais pas osé me déshabiller; il me jeta un
regard, un seul; mais c'était comme un éclair d'orage,
puis il me prit au collet et me mit à la porte. « Sors
de Rome, et ne t'avise jamais de revenir; » c'est
tout ce qu'il dit. Il mit un rouleau d'argent dans ma
veste; le voici; mais il n'ajouta pas un mot et ferma
lui-même la porte sur moi. Le jour blanchissait déjà.
Il neigeait. Il faisait si froid! Je suis venu vers vous.
Je ne sais où aller. Je n'ai pas d'amis! »

Je considérai l'argent; c'était un rouleau de billets
de banque, une forte somme, assez pour entretenir
Amphion pendant une année au moins.

« Il faut que vous l'ayez mécontenté, dis-je, et cela
lui ressemble d'agir si mal. Il ne perd pas de paroles
quand il est fâché. Mais c'est cruel. Il peut être cruel. »

Le pauvre petit Amphion sanglotait, son habit
bariolé était déchiré et sali; ses joues brunes étaient
bleuies par le froid.

Il était inutile de l'interroger davantage; s'il savait
ou devinait la cause de son expulsion, il ne la dirait
pas; il était Grec. La seule chose à faire était de lui
donner abri, de prendre soin de son argent et de le
renvoyer dans son pays.

Quant à parler à Hilarion, je savais par expérience

que ce serait peine perdue; je résolus néanmoins de faire une tentative.

Je réchauffai le jeune Grec et lui donnai à manger dans ma petite tanière près de la fontaine, où je couchais depuis que j'avais renoncé à ma chambre d'Hermès; puis j'allai trouver Hilarion.

Il était dans cet appartement d'un des vieux palais dont Amphion avait parlé. On me dit d'abord qu'il n'y était pas, puis mainte autre excuse.

Convaincu de sa présence, je ne répondis pas, mais je m'assis sur les marches pour attendre son arrivée.

L'escalier était vaste, il y avait de vieux lions de pierre et un charmant petit jardin, alors resplendissant de l'or des orangers, avec quelques-uns des rares palmiers de Rome étalant leur diadème vert. D'un côté se trouvait un casino orné de fresques, pareil à celui de Rospigliosi, dans lequel on voit l'Aurore aux doigts de rose et les Heures.

Après avoir longtemps attendu, je le vis dans ce casino et me dirigeai droit vers lui. Je peux me tromper, mais je m'imaginai le voir pâlir et prendre une mine de coupable. Évidemment il voulait m'éviter, mais il ne le pouvait plus.

« Peut-être n'ai-je pas le droit de vous parler, lui dis-je; mais je ne puis m'en empêcher. Qu'a donc fait ce pauvre garçon que vous appelez Amphion? Son offense est-elle donc si grande? »

Je ne remarquai pas alors, mais plus tard je me souvins, que sa figure s'éclaircit et qu'il parut soulagé.

« Cher Crespin, dit-il avec un léger sourire, cela vous ressemble! Pourquoi perdre votre matinée et vous déranger pour si peu? Est-il allé se plaindre chez vous? »

Je répondis à ses questions et demandai grâce pour le pauvre petit coupable aussi éloquemment que je pus.

Hilarion écoutait indifféremment ; sa patience était de la politesse, mais je voyais qu'il ne cédait pas. Il regardait les fresques près de lui en arrachant des pétales de fleurs d'oranger.

Il m'écouta jusqu'à ce que mon haleine et mon zèle furent un peu calmés et firent une pause. Alors il dit :

« Ce garçon ne peut pas se plaindre ; je lui ai donné de quoi se suffire pendant deux ans. J'en ai fini avec lui. C'est tout. Si vous êtes son ami, mettez-le à bord du premier vaisseau qui fera voile pour la Grèce. Tâchez seulement qu'il ne m'approche plus. Savez-vous qu'on discute ces fresques ? Je suis presque sûr qu'elles sont de Masaccio. Il a passé quelque temps à Rome. Je crois que j'achèterai cette maison.

« Après tout, dit-il, comme je restais silencieux, il n'y a rien à comparer à la vie d'un prince romain ; en général, à la vie dans vos grands palais. Tout gagne ici en grandeur, et la société moderne ressemble au monde de la Renaissance, quand un ambassadeur ou un noble la reçoit dans ces vastes galeries, riches en fresques de Raphaël, du Guide et de Guercino ; le reflet de cet âge splendide demeure encore sur les murs sculptés et les dais de velours ; sa lumière et son rire se cachent avec les Cupidons sous les fleurs des miroirs, et sa majesté habite encore les immenses dômes et les majestueux escaliers, et les vastes salles où des rois pourraient haranguer leurs armées ou les archanges mêmes réunir leurs hôtes célestes. Oh ! il n'y a pas de vie pareille : dans ces fraîches salles de marbre, avec leurs délicieuses fresques pâlies et leurs grandes cours ouvertes, et leurs fontaines et

leurs jardins, on se prend à oublier l'époque à laquelle
nous vivons et à croire que Lucrezia passe sous
nos fenêtres avec ses deux cents dames, leurs chevaux et leurs cavaliers; ou bien, si l'on ferme les
volets et qu'on allume les lampes, dans ces nobles
salons où le plancher et le plafond, les murs et les
croisées sont des chefs-d'œuvre d'art, on s'imagine
entendre Bernardo Accolti nous faire quelque lecture
à haute voix, à la lueur des torches, sa garde d'honneur autour de lui. Oh! il n'y a nulle part de décors
comparables à ceux de Rome : une femme parée pour
le bal semble sur ces paliers une Véronique Gam-
bara. Vous regardez dans la glace, voilà un petit
Amour de Fiori qui vous jette des roses. Vous ouvrez
votre fenêtre, vous voyez un palmier, un dieu ou un
lion d'Égypte sous une arche colossale, et les étoiles
scintillent derrière les feuilles d'oranger, et le luth
dans les rues a un son magique, et la fille du jardinier traversant la cour ressemble à un pâle et doux
Titien du Louvre. Non, il n'y a rien de pareil à la
vie de Rome. J'achèterai ce palais.

— Quelle faute a pu commettre cet enfant? » repris-
je, impatient d'entendre son pittoresque bavardage.

Hilarion jouait avec les fleurs d'oranger.

« Avez-vous quelque chose d'autre à me dire? car je
vais à Daïla et je suis pressé.

— Mais il est si jeune et si abandonné !

— Mon cher Crespin, quand je suis fatigué, je suis
fatigué; j'en ai assez de la flûte, voilà tout. N'en par-
lons plus. Puis-je faire quelque chose pour vous? je
suis prêt à vous l'accorder. Mais laissez-moi faire
mes affaires à ma fantaisie. »

Il s'en alla, impatient d'échapper à mon importu-

nité, pourtant courtois, même amical, quoique in-
flexible.

.Je rentrai contrarié et de mauvaise humeur;
j'avais perdu ma matinée.

Je trouvai le pauvre petit joueur de flûte se réchauf-
fant devant mon brasier.

« Vous feriez mieux de repasser la mer et de retourner dans votre pays, lui dis-je tristement.

— Non, reprit-il, je resterai à Rome; mais il ne
le saura pas.

— Comment ferez-vous ?

— J'ai assez d'argent.

— Mais c'est son argent; vous ne pouvez pas
vous en servir pour faire ce qu'il vous défend.

— Que voulez-vous dire ? demanda Amphion. Quand
quelqu'un vous a donné un coup, on le frappe comme
on peut, dût-on lui prendre son propre couteau à sa
ceinture; au moins c'est ce qu'on dit chez nous.

— Ne parle pas de vengeance; ce sont de mauvaises
pensées qui te viennent, Amphion. Hilarion n'est,
après tout, qu'un patron capricieux.

« Dans les contes *qu'elle* m'a lus, dit-il lentement,
on parlait d'un guerrier qui abattit douze ennemis
pour plaire à son ami mort; et *elle* pensait que c'était
juste et grand; c'est un Grec qui a fait cela. Je sais
ce *que* je sais. J'attendrai. »

Je croyais alors que c'était une vanterie d'enfant
et que cela passerait.

Mais il y avait en lui plus de volonté que je ne me
l'imaginais; cette nuit-là, sans rien dire, il quitta ses
habits bariolés, coupa ses boucles brunes, et on l'aurait à peine distingué des petits pêcheurs bronzés à
demi nus qui pullulent sur le rivage du quartier

des Tanneurs ; il cacha son argent, Dieu sait où, et
se loua à un pêcheur de la Rione qui passait sa vie à
surveiller sa *girella* et à pousser son esquif en amont
et en aval entre les arches du Ponte Sisto et de
Quattro Capi.

Le jeune Grec ne parlait guère plus qu'un muet ; il
était délicat comme une fille, quoique habitué à l'eau
depuis son enfance ; je suppose qu'il fit bon usage de
son argent, car le pêcheur ne lui reprocha jamais sa
paresse ou sa gaucherie, et le laissait agir à sa guise.

Amphion m'évitait et ne s'approchait jamais de
Giojà, et je ne croyais pas de mon devoir de le trahir ;
je laissai donc les choses aller leur train, et souvent,
dans le crépuscule, une flûte douce comme un chant
de rossignol se faisait entendre sous les piliers du
pont de Sextus.

.Mais Giojà n'y prenait pas garde. Je ne crois pas
même qu'elle entendît. Il y avait beaucoup de mélodies à cette heure-là : des guitares aux balcons, des
tambourins aux portes des tavernes ; des étudiants
ou des pêcheurs jetant leurs filets et chantonnant
en passant d'une rive à l'autre ; et dans son cœur à
elle, il y avait cette musique perpétuelle qui rend
l'oreille sourde à toute autre harmonie : la musique
qu'on n'entend qu'une fois dans la vie.

Mais de cela je ne savais rien alors. Je voyais seulement que son pas était plus élastique, que ses yeux
étaient pleins de lumière, que sa figure avait perdu
cette tristesse troublée et profonde qui ne l'avait pas
quittée depuis le jour où, cherchant la Rome de Virgile, elle n'avait trouvé que des ruines. J'étais heureux et ne songeais pas à chercher la vraie cause de ce
changement. Elle était plus silencieuse que jamais,

et plus que jamais aimait la solitude ; mais elle s'occupait d'un nouveau travail plus grand que Penthesileia, et je la croyais absorbée dans son œuvre.

J'étais accoutumé aux manies des artistes et je savais que le véritable art ne permet pas d'amis ; il est exclusif et jaloux comme l'amour.

Je ne me préoccupais pas non plus sérieusement d'Hilarion, car je ne le voyais pas franchir le seuil d'Ersilia, et il me paraissait plus lié que jamais avec son impérieuse maîtresse, la duchesse.

Un soir, le peuple sortait de la grande église de la Trinité des Pèlerins, située près de ma fontaine, et il y avait une odeur d'encens dans l'air, et des sons de cantiques partout; on était en carême, et le joyeux roi carnaval était retourné dans sa tombe, et Pasquino à sa solitude. Ce soir-là, assis à mon ouvrage, et occupé de mes propres pensées, qui ne me plaisaient pas parce que dans les derniers temps elles étaient devenues confuses et nébuleuses, et je sentais planer un malheur, sans savoir comment le prévenir. Giojà vint auprès de moi selon son ancienne habitude, et me frappant doucement sur l'épaule elle me dit :

« Faisons une promenade comme autrefois? Voulez-vous? le soleil va se coucher. »

Palès jappa de plaisir, et je me levai pour obéir, aussi content que le chien de ce retour à nos anciennes coutumes familières, qui dans les derniers temps avaient changé, lorsque la vague réserve d'une contrainte inexpliquée s'était élevée entre elle et moi.

Elle fut très silencieuse pendant cette promenade ; mais c'était son ordinaire, car, à moins d'une forte émotion, elle était avare de paroles.

Nous traversâmes le marché aux légumes et le

square ouvert aux vents dédié à Jésus, et passant la
colline du Cheval, comme nous l'appelons, nous entrâmes dans nos jardins favoris, les jardins Colonna,
où elle et moi avions passé mainte heure agréable,
avec le panorama de Rome déroulé à nos pieds comme
un tableau, et les grilles de fer closes entre nous et le
monde extérieur.

Nous nous assîmes sur la terrasse supérieure, où les
pigeons et les oies errent parmi les fleurs, où se
trouve le tronc du pin qui fut planté à la mort de
Rienzi, et cette brave vieille tour qui s'élève au-
dessus des chênes, dans le ciel bleu, et que les gens
persistent à nommer la tour de Néron, bien que
Néron ne l'ait jamais vue.

Elle se reposa ainsi qu'elle l'avait fait cent fois,
regardant au-dessous d'elle les masses superposées
de verdure, et le chaos de toits qui semblent s'élever
les uns sur les autres comme les vagues d'une grande
mer subitement pétrifiée, avec la ligne du ciel mar-
quée au loin par les pins noirs, et le dôme de Saint-
Pierre se dessinant sur un fond de lumière.

« Si l'on vivait mille ans, pourrait-on se lasser de
Rome? dit-elle à demi-voix. Je l'ai toujours aimée;
mais à présent ! »

Elle s'arrêta, et moi, fou que j'étais! je ne lui demandai pas ce qu'elle voulait dire, de peur d'entendre
le nom d'Hilarion sur ses lèvres. Dieu me pardonne !
si seulement j'avais su.

Les jolis pigeons bleus, bronzés et blancs, vinrent
picoter et voltiger autour de nous, levant leurs yeux
de pierres précieuses comme pour chercher les miettes
que nous leur apportions d'ordinaire.

« J'ai oublié leur pain, j'en suis fâchée, » dit-elle en

les regardant, et elle caressa le plumage lisse de son pigeon favori, qui se laissait volontiers toucher par elle.

« Voulez-vous faire quelque chose pour moi ? » me dit-elle, et serrant l'oiseau contre son sein, comme elle avait tenu Sospitra.

« Je n'ai pas vu Maryx depuis le jour où vous m'avez dit que je l'ai offensé. J'ai été à l'atelier ; mais il n'y est jamais. Écoutez : il avait tort ; il était injuste, et l'insulte ne s'adressait pas à moi, mais à celui dont il parlait ; cependant il a été si bon pour moi ; je sais que je ne pourrai jamais m'acquitter envers lui, et je parais ingrate, et il ne comprendra pas. Voulez-vous lui dire de ma part que je ne puis garder dans mon cœur aucune amertume envers lui, et que ma reconnaissance ne changera jamais ? Voulez-vous le lui dire ?

— Mon enfant, ce n'est pas de la reconnaissance qu'il veut, » répondis-je, et je m'arrêtai ; car, après tout, je n'osais guère parler pour lui, puisqu'il gardait volontairement le silence. « Ce n'est pas de la reconnaissance qu'il veut : les grandes natures ne songent pas à cela ; elles agissent noblement, comme les natures mesquines agissent bassement, par instinct, comme l'aigle plane et le ver rampe. Maryx voudrait ta confiance, ton affection. »

Je n'ajoutai rien de plus, de peur d'en dire trop, n'ayant pas l'autorisation de Maryx, et arrêté d'ailleurs par l'air d'anxiété et de mécontentement qui se répandait sur le visage de Giojà.

Elle ne répondit pas d'abord, mais pencha la tête sur l'oiseau qu'elle tenait.

« Je paraîtrai ingrate, envers lui et vous, » dit-elle

tristement; puis elle se tut, semblant retirer ses paroles, comme si elle se souvenait d'une défense de
parler.

« Dites-lui, je vous prie, que je suis reconnaissante,
toujours reconnaissante, — et sa voix tremblait.—Je
n'oublierai jamais comme il a été bon pour moi. Et
vous aussi, si jamais je vous cause du chagrin, vous
me pardonnerez, n'est-ce pas? Aussi longtemps que je
vivrai, je me rappellerai comme vous m'avez abritée
dans le temps de ma misère, et les jours paisibles que
je vous dois. »

L'oiseau se détacha de son étreinte et s'envola vers
ses compagnons; des larmes brûlantes avaient roulé
de ses yeux sur la petite tête de saphir étincelant.

Je la regardai, touché jusqu'au fond de l'âme, mais
inquiet.

« Eh! mon enfant! eh! ma chère petite Ariane, tu
parles comme si tu allais rejoindre les dieux que tu
aimes et nous abandonner, Rome et nous, dans la
désolation, murmurai-je en essayant de plaisanter;
ce que j'ai fait pour toi, ce n'est rien; tu oublies mon
rêve; je ne pouvais faire moins pour mon Ariane,
revenue du royaume des ombres sur la terre. »

Elle changea de couleur.

« Ne me donnez pas ce nom; je l'ai en horreur,
dit-elle avec une soudaine impatience; je ne veux
pas ressembler à Ariane. Je n'ai jamais pu lui ressembler. Rentrons à la maison à présent. Vous direz
à Maryx ce que j'ai dit. Je ne voudrais pas lui faire
de peine. Mais je crains qu'il ne me comprenne jamais.

— Il comprend trop plutôt, repris-je amèrement;
car quelque chose dans sa voix m'avait irrité. Il
comprend que deux années d'entier dévouement à vos

intérêts les plus élevés comptent pour rien dans la balance à côté de quelques roses de serre chaude et d'un méchant poëme hectique ; il comprend cela fort bien.

— Vous êtes injuste, » dit-elle simplement, comme elle l'avait dit à Maryx ; et elle quitta lentement la terrasse ensoleillée, pour redescendre les remparts élevés de chênes et d'arbustes, et reprendre le chemin de la maison.

Je ne parlai plus. J'étais fâché contre elle et, le ciel me pardonne ! je ne savais pas. Je la suivis, triste et silencieux, à travers les passages sinueux et les rues étroites.

Sur le pont, où la porte d'Ersilia bâillait grande ouverte, elle s'arrêta et me tendit encore une fois les deux mains.

« Pardonnez-moi, » dit-elle très bas. Je croyais qu'elle me priait de lui pardonner son impatience de mes reproches, et je serrai tendrement ses mains, blanches et délicates, dans mes vieilles mains rudes et ridées.

« Merci, » dit-elle doucement, et elle disparut dans l'ombre de la maison.

Je rentrai dans ma boutique, soulagé, malgré mon inquiétude, parce qu'elle m'avait donné quelques mots aimables à porter à Maryx, quoique j'eusse pu souhaiter mieux. Le faune de la fontaine me chanta une chanson tandis que j'étais assis au pied du mur de l'ancien hôpital monastique qui m'avait abrité tant d'années.

J'entendais sa chanson pour la dernière fois.

VI

Il arriva que le soir suivant, tandis que j'étais assis dans ma boutique, ayant allumé ma lampe pour achever un travail plus fin que d'ordinaire, je me sentis fatigué et de mauvaise humeur; je n'aurais pas su dire pourquoi, et j'étais assis, cousant et soupirant après les heureux jours du passé, où les cartes et un flacon de vin et un joyeux compagnon embellissaient pour moi les nuits d'hiver, où la trouvaille d'un evangeliarium en grec ou en latin du moyen âge, ou d'un cachet brisé, ou d'un fragment de main de marbre, me rendait si heureux, que je n'aurais pas changé avec le roi, tout en pataugeant dans la neige ou la boue des rues déjà sombres de Rome.

J'avais le cœur lourd; mon quartier était désert; les gens étaient allés à la piazza Navona, où se tenait une foire de mi-carême, avec ses boutiques, ses rires et ses gambades, et où un an auparavant je serais allé aussi et où j'aurais ri parmi les plus gais, dans le vieux cirque Agonalis autour de l'obélisque de Domitien.

J'étais assis à coudre, et Palès dormait, et les étoiles commençaient à paraître au-dessus du Tibre, dans un froid ciel clair, sans nuages.

Le calme était si complet, qu'un pas sur le pont me
fit lever les yeux ; je vis Maryx comme je l'avais vu
mainte fois en quelques années, depuis les jours de
sa jeunesse, quand il m'avait fait mon Apollon Sandaliarius.

Il s'arrêta près de ma boutique.

« Est-elle malade, qu'elle ne vient plus depuis quelque temps ? » demanda-t-il.

Une crainte vague commença à s'agiter en moi.

« N'est-elle pas venue ? demandai-je.

— Non, pas que je sache. Mais vous ne l'avez pas
vue aujourd'hui ?

— Non ; mais la journée se passe souvent sans... »

Je ne terminai pas ma phrase de peur de paraître
la blâmer ; car, en vérité, dans les derniers temps
j'avais été affligé de la voir si rarement appuyer sa
main sur le bord de mon échoppe, en passant, et me
demander comment je me portais, et me prier de
venir causer avec elle dans la chambre d'Hermès,
ou de vagabonder un peu dans les rues avec elle ; quelques mois auparavant c'était si bien son habitude, que
je m'y étais accoutumé, et cela me manquait plus que
je ne l'aurais cru.

Maryx était silencieux. La lumière de ma lampe
éclairait son noble visage, qui paraissait agité !

« J'ai eu tort de lui parler comme je l'ai fait il y a
un mois, dit-il enfin ; c'était mal de ma part ; ce
n'est pas à moi à déprécier le talent d'Hilarion ; ce
n'est pas à moi, si elle le trouve beau, à dire non ; il
y a certainement quelques beautés, et si elle ne voit
pas le serpent dans l'herbe fleurie : tant pis ! Tout est
pur à ceux qui sont purs. Je voudrais lui demander
pardon. Est-elle là-haut, dans sa chambre ? »

« Sans doute, m'écriai-je, et vous n'avez rien à vous reprocher, car elle aussi se repent et regrette ce moment d'oubli. Voyez! elle m'a chargé de vous le dire pas plus tard qu'hier, dans les jardins Colonna. « Voulez-vous l'assurer, m'a-t-elle dit, que je ne puis « avoir à son égard aucune amertume dans le cœur, et « que ma reconnaissance ne changera jamais ? » Voilà ses propres paroles; elle avait des larmes dans les yeux. Elle était trop fière ou trop timide pour vous dire cela elle-même; mais son cœur est tendre, je le sais ! »

Maryx me regarda avec surprise et je vis un éclair joyeux illuminer son visage.

« Est-ce la vérité, ou me dites-vous cela pour me faire illusion ? Mieux vaut la douleur, le regret pendant toute la vie, qu'une pareille illusion, ne fût-ce qu'un instant.

— Non, c'est vrai. Allez vous-même l'entendre vous le répéter. Elle se repent.

— Je ne voudrais rien devoir à la simple obéissance, à un sentiment de gratitude, » murmura-t-il; mais le rayonnement de l'amour brillait dans ses yeux éloquents.

« Allez vous-même la trouver, » dis-je en riant, comme un vieux fou que j'étais, et me levant vivement, je le devançai à travers la rue, à la porte d'Ersilia. « A présent, pensai-je, il parlera franchement, et ils s'entendront pour toujours. »

Mais Pippo, qui s'adossait à la porte en fumant, nous assura que la jeune fille n'y était pas, et qu'on ne l'avait vue de la journée. Je regardai Maryx; il avait pâli.

« Interrogeons Ersilia, » dit-il, et je le suivis.

« Est-ce que Giojà n'est pas allée chez vous ? dit Ersilia, en sortant de la maison avec sa lampe élevée au-dessus de sa tête. Oh ! oui ; elle est partie ce matin de bonne heure, selon son habitude ; je la croyais encore là-bas, avec ses marbres. »

Une vague, une pénible inquiétude s'empara de nous.

Maryx ne dit mot. Il monta rapidement à la chambre et entra, car la porte n'avait pas de serrure. La clarté de la lune, qui venait d'apparaître derrière la colline Dorée, jetait sur Hermès un doux et pâle rayon, et laissait le reste de l'espace vide dans l'obscurité.

Personne ! Maryx fit de la lumière et visita la chambre, mais il n'y avait aucun indice de départ, aucun mot d'adieu. Seulement la belle tête noire et blanche d'Hilarion, qu'elle avait dessinée en poëte Agathon, n'était plus à sa place contre le mur.

Il y a quelquefois une terrible éloquence dans le silence d'une chambre vide : comme l'approche de la mort dans les yeux d'un animal muet ; cela en dit plus que des paroles ne pourraient le faire.

Palès, qui nous suivait, leva la tête et poussa un long, gémissement plaintif qui résonna sourdement à travers le silence ; on n'entendait que le clapotement de l'eau contre les arches du pont, et une seule rame qui battait dans l'obscurité tout près de là.

Maryx me regarda, et il y avait quelque chose dans son regard qui m'effraya. Il me montra la place vide sur la muraille.

« Elle est partie avec lui, » dit-il. Ce fut tout ; mais dans le son de sa voix je crus entendre un cri de désespoir, l'effondrement d'une noble vie à jamais ruinée.

Je répliquai par Dieu sait quel torrent de véhémentes protestations; je ne voulais pas admettre un instant la possibilité de pareille chose! elle m'avait toujours semblé tellement au-dessus de l'atteinte d'un homme, des faiblesses de la passion ou des sottises des femmes, que c'était folie, profanation, abomination, que de supposer un départ comme celui-là.

Maryx restait immobile; son visage était aussi blanc que ses marbres. Ma colère passait au-dessus de lui et ne l'ébranlait pas plus que le vent n'ébranle les rochers.

« Elle est partie avec lui, » répéta-t-il; et ses lèvres sèches remuaient avec difficulté, et ses grands yeux bruns, si brillants et si hardis, devinrent noirs d'une rage impuissante, d'une souffrance désespérée.

« Ne le voyez-vous pas? balbutia-t-il; ne voyez-vous pas? Tandis que nous la croyions une sainte, lui, tout ce temps... »

Et il rit, un rire terrible.

VII

Je ne croyais pas encore ; je ne voulais pas croire ; et malgré cela, je sentais qu'il avait raison, comme on pressent quelque affreux malheur longtemps avant l'aube du jour qui l'amène.

« Pourquoi dites-vous cela ? pourquoi ? pourquoi ? Elle s'est égarée sans doute dans quelque coin de Rome ou s'est endormie ou trouvée mal dans quelque galerie du Capitole ou du Vatican. Vous la connaissez ; elle rêve parmi les marbres jusqu'à devenir presque une statue elle-même. Ce sera cela ! ce sera cela ; rien de plus ! »

Puis l'inquiétude s'empara de moi, je sentis mon cœur gros, je me frappai la tête de mes mains, songeant au jour où Ariane était venue à ma boutique, cette matinée d'été, tenant les coquelicots.

« Venez ! » dit Maryx ; et me serrant dans ses mains délicates et nerveuses comme dans une vis d'acier, il se précipita avec moi au bas de l'escalier.

« Où voulez-vous aller ? balbutiai-je. Dans les rues ? Au Capitole plutôt ; elle l'aime tant, qu'elle y reste parfois des heures ; elle est peut-être enfermée dans quelque galerie. Allons au Capitole ou au Pio-Clementino ;

elle erre si souvent parmi les marbres, vous le savez.

« Êtes-vous fou ? dit Maryx ; venez avec moi chez *lui.* »

Et il m'entraîna, sa forte étreinte sur mon bras, au palais où les fresques étaient au jardin ; mais pas d'Hilarion. On ne l'avait pas vu de la journée.

Nous allâmes à Daïla.

La nuit devint très froide ; il y avait eu beaucoup de pluies : l'eau miroitait entre les tombes et sous les buissons ; les fers des chevaux la faisaient jaillir ; les roues s'y enfonçaient ; on voyait au clair de lune la neige blanche sur les montagnes ; les renards sauvages se cachaient dans leurs tanières de sable ; le hibou et l'orfraie criaient dans les arbustes branlants qui couvrent l'emplacement de villes disparues ; cette course nocturne fut longue et pénible. Le Soracte était toujours devant nous.

Maryx ne dit pas un mot.

Nous volions à travers la désolation de la campagne, fouettés par un piquant vent du nord. On était à la fin de mars, mais il faisait extraordinairement froid, et je me souviens de l'odeur des violettes et des boutons parfumés qui s'épanouissaient dans l'herbe et que nous foulions aux pieds.

Deux heures passèrent avant que nous eussions atteint les forêts de chênes de Daïla. La grande maison blanche était close et silencieuse ; des chiens aboyaient, et un berger à cheval, noire apparition de sorcier devant la lune, nous demanda ce que nous faisions à cette heure-là ; puis, nous reconnaissant, il toucha son chapeau et nous laissa passer.

Maryx entra. Il ne voulait pas s'en rapporter aux domestiques. La maison était vide, sombre, désolée ;

les gens, dérangés dans leur sommeil ou leurs causeries autour de la bouteille, ne pouvaient rien nous
apprendre. Oui, leur maître avait été là à trois heures
la veille, mais pas depuis; ils ne ne savaient rien de
lui.

Inutile d'interroger davantage; les serviteurs d'Hilarion étaient dressés au silence et aux mensonges.

Nous traversâmes les grandes chambres lugubres
une à une, visitant les galeries, les cabinets, les
moindres recoins; puis, désappointés, nous retour-
nâmes à Rome, dans la nuit solitaire et glacée, par
les flaques d'eau de pluie et les futaies sombres. La
lune s'était couchée.

« Que voulez-vous faire? demandai-je à Maryx,
comme nous passions devant les gardes, à la porte de
la cité.

— Le trouver, » répondit-il.

J'étais gelé, mes membres engourdis; les brouillards et les vents de la nuit m'avaient transi jusqu'aux os; mais quelque chose dans le son de sa voix
me donna le frisson. Il ne doutait pas que ce ne fût le
seul moyen d'arriver à elle.

Pour moi, je ne voulais pas avouer qu'elle pût être
ailleurs qu'à Rome, égarée ou malade dans l'une de
ses retraites favorites.

« Laissez-moi ici, lui dis-je à moitié chemin du
Corso. J'irai m'informer dans les galeries et les palais, et je la trouverai. Il va faire jour bientôt. Les
gardiens me connaissent tous. Elle est peut-être dans
la villa Borghèse. Ils ferment au crépuscule, et elle
est si étourdie; vous savez, quand on rêve. »

Maryx sourit : un sourire que de ma vie je n'aurais
pensé voir sur ses lèvres franches et nobles.

« Vous faites-vous encore illusion ? » dit-il.

Il ne cherchait aucune de ces consolations que donne un vain espoir ; il embrassait d'un coup d'œil la vérité et ne jouait pas avec elle. C'était sa nature de ne jamais essayer de s'aveugler ou d'aveugler les autres.

En approchant du Ponte Sisto, nous aperçûmes derrière ma boutique un jeune pêcheur. C'était Amphion.

Il me fit signe d'approcher. Je vins à lui. Il tremblait et parlait indistinctement.

« Vous ne saviez pas, mais moi, je savais. De mon bateau, là-dessous, je pouvais voir son ombre si souvent. Oh non ! personne ne le savait. Il avait peur de cette femme aux grands yeux noirs, cette femme qu'ils appellent une duchesse. Mais il l'a attrapée. J'ai veillé nuit et jour sous le pont, mais je ne voyais pas grand'chose. Ce matin ils m'ont échappé ; il est allé à Santa Chiara, et elle avec lui. J'ai couru et bien couru pour suivre Hilarion ce matin ; mais son cheval m'a battu et je suis tombé. C'est pour cela que je ne suis pas venu plus tôt. J'ai été stupide toute la journée. Oh ! ce n'est pas grand'chose. Qu'il aille. — Ce sera trop tard ; mais il reste toujours la vengeance. »

Puis il s'évanouit sur le tas de pierres.

Maryx écoutait ; il ne dit pas un mot, pas un seul. Pour moi, je crois que j'étais fou pour le moment. Ils me l'ont dit depuis. C'était comme si les cieux sereins se fussent entr'ouverts pour vomir une nuée de démons sur la terre. J'aurais juré sur mon âme et par le Dieu qui l'a créée qu'elle, mon Ariane, aurait retenu dans une passoire les eaux du Tibre par la seule force de sa pure et parfaite innocence, ainsi que le fit dans notre Rome la vestale Tuccia !!

Je n'eus conscience de rien jusqu'à ce qu'en plein
jour nous roulâmes en voiture, contre le vent, sur le
chemin de Santa Chiara.

Santa Chiara était au bord de la mer. Une petite
villa sur une petite baie; ses roses et ses orangers
croissaient sur le rivage; elle appartenait à Hilarion,
qui faisait souvent voile de là.

Nous y allâmes. Il y avait bien des lieues à par-
courir; impossible d'y atteindre sans chevaux. Nous
quittâmes Rome à l'aube.

Plus moyen de douter ou d'avoir quelque espérance.

Le soleil du second jour se couchait lorsque nous
atteignîmes cette partie de la côte où se trouvait
Santa Chiara.

« Laissez-moi aller seul, » dit Maryx.

Il me sembla avoir vieilli soudain de deux années
pendant ces deux nuits et ces deux jours; la négli-
gence aisée de son port et de sa démarche avait
disparu; il était gris et hagard et avait cette lividité
de mort des teints olivâtres, qui est bien plus frap-
pante que la pâleur des blonds; il gardait le silence,
lui dont la chaude imagination, l'ardente éloquence
avait toujours trouvé des paroles.

« Laissez-moi aller seul, » dit-il. Mais je m'accro-
chai à lui pour le retenir. Quand les hommes ont le
regard que je lui voyais, la mort plane dans l'air.

« Quel droit avons-nous? lui dis-je. Elle ne nous appartient par aucun lien, ni de sang ni de nom; et
que savons-nous? Elle n'est pas ici, j'en suis sûr, ni
nulle part avec lui. Dieu ne permettrait pas que tant
de noblesse fût foulée aux pieds dans la poussière par
la vilenie d'un homme. — Oh non! Que savait-elle de

l'amour ? rien de plus que la *Nausicaa* que vous avez sculptée, debout au bord de la mer et aussi pure que les perles. »

Et les mots m'étouffèrent, car je me souvins de la figure de Giojà guettant le spectacle du carnaval, et de ses paroles cette nuit humide et solitaire, près du cirque de Néron.

Maryx me repoussa rudement.

« Le droit ? Avez-vous besoin d'un droit pour empêcher un meurtre ? et le meurtrier ne tue que le corps, et non pas l'âme. Laissez-moi aller !

— Mais, s'il en est comme vous pensez, nous arrivons trop tard ! »

L'angoisse peinte sur son visage me frappa douloureusement.

« Il reste la vengeance ! » dit-il entre ses dents.

J'étais un Romain. Je compris.

L'idée de la vengeance était pour moi aussi sacrée que celle du devoir.

Je le laissai aller. Je lui enviais son premier droit, mais je ne pouvais pas le lui disputer ; il avait pour lui sa patience infinie, son enseignement, son grand et généreux amour, — dépensés en vain, — il avait les droits suprêmes d'une grande passion méconnue.

Le matin s'était levé clair et beau ; le soleil riait sur une mer brillante, bleu foncé comme les joyaux que les hommes appellent saphirs ; le temps était plus doux ; les bois d'orangers, verts et jaunes, descendaient jusqu'au bord de l'eau, le gazon, couvert de jacinthes, semblait d'azur ; contre les murailles blanches s'épanouissaient dix mille roses de Chine, fraîches comme les petites bouches rosées des enfants.

N'ayant pas fermé l'œil depuis deux jours et deux

nuits, ni retiré nos habits, nous étions gelés et roidis
par la longue course à travers le brouillard. Nous
frissonnions dans cette radieuse lumière, dans cet air
parfumé de l'odeur des fleurs et des fruits et de la
saveur vivifiante et salée de l'écume qui venait se
briser, neigeuse et bouclée, sur la grève lisse à nos
pieds.

La maison, longue et basse, blanche comme une
coquille de mer, égayée par de nombreuses plantes
grimpantes et entourée d'une haie d'aloès, était aussi
close et silencieuse que Daïla.

Assise dans l'embrasure d'une fenêtre ovale, au milieu des petites roses de Bengale, une femme faisait
de la dentelle d'une main adroite, et chantait.

Oui, le maître avait été là, mais il était parti, faisant voile dans son propre bateau, selon son habitude.
Oui, il était parti depuis environ douze heures. Oui,
il y avait quelqu'un avec lui ; il n'était jamais seul,
jamais seul. Et la femme sourit en tournant les fils
de sa dentelle ; elle connaissait les coutumes de son
maître. Puis elle regarda vers la mer à travers les
roses, et, abritant ses yeux contre le soleil, elle indi-
qua du doigt une tache blanche qui fuyait à l'horizon.
C'était la goëlette ; oui, il fallait vite regarder : encore
un instant et elle serait hors de vue.

Nous regardâmes. La voile parut une seconde de
plus à l'horizon, loin, bien loin, pas plus grande que
le pétale d'une blanche fleur de camellia ; puis elle se
perdit dans l'éblouissante lumière du ciel et de la mer.

VIII

Je ne me souviens pas comment je rentrai à Rome.
Je ne vis plus Maryx. Je ne revins réellement à
moi qu'en sentant la langue humide de Palès contre
ma joue, et je me trouvai assis sur le vieux banc devant
ma boutique, au clair de lune. Je suppose que c'est
lui qui me ramena à la maison. Je ne sais pas; j'ai
tout oublié.

Il était minuit et l'endroit était désert. Il n'y avait
personne dehors; une jeune fille, plus bas dans la rue,
chantait à sa fenêtre une romance d'amour. J'aurais
presque voulu la saisir à la gorge pour étouffer sa voix.
Ce n'est pas étonnant qu'il y ait tant de crimes sur la
terre; il y a lieu plutôt de s'étonner qu'on en com-
mette si peu, considérant combien il y a de douleurs;
et la douleur est la sœur jumelle de la folie.

Je maudis les pierres de la rue parce qu'elles
avaient porté les pas d'Hilarion, et les eaux sous les
arches, qui ne s'étaient pas élevées pour l'engloutir.

Ah Dieu! dans notre haine (comme dans notre
amour), comme nous sentons notre impuissance! nous
étendons les bras vers l'univers pour demander vengeance, et le vieux dôme des cieux semble nous ré-

pondre par une ironique insouciance. Ah Dieu! pourquoi nos cœurs sont-ils si grands, nos années si courtes, notre force si bornée?

Je restais assis là comme un bloc de glace, sous le grand ciel étoilé, si calme, si indifférent, et qui aurait dû être sillonné d'éclairs s'il n'y avait pas aussi peu de souci là-haut pour les âmes humaines que pour les fourmis qui rampent, poussière noire sur la route blanche.

Le chien avait fait bonne garde, nourri sans doute par les voisins. Je retrouvai intact tout ce que j'avais laissé. Il y avait dans le tiroir un long couteau à pointe aiguë, une lame d'acier forgée autrefois et très acérée; je m'en étais servi pour couper mes peaux de cuir. Je le mis dans mon sein, sa vraie place chez un Romain.

Après tout, il n'y avait pas d'autre vengeance que la misérable vengeance accoutumée, beaucoup trop courte; il n'y en avait pas d'autre. Les cieux ne tombaient pas, les étoiles ne s'arrêtaient pas dans leur course. Je les regardai. Cela me semblait étrange· Je touchai le tranchant de mon couteau et j'attendis le matin. Il n'y avait pas d'autre ressource que la vieille, vieille manière.

« Puisse la mort ne pas venir quand vous l'appelez! » avait dit en mourant le vieux Servianus assassiné à Adrien. Et quand plus tard Adrien implora en vain la mort de mettre fin à ses souffrances, ses propres serviteurs refusèrent de lui donner le coup mortel, malgré ses ordres.

Mais Servianus ne vit pas sa vengeance.

Je voulais voir la mienne.

J'avais toujours devant les yeux le bateau s'en allant

loin, loin, sur la brillante mer silencieuse, dans la claire lumière du jour, avec les voiles blanches sur le fond bleu.

Quand parut l'aube, je traversai la rivière et les champs encore couverts de brouillard, pour aller trouver les employés du musée du Vatican.

« Vous m'avez offert souvent bien des ducats pour mon Hermès grec : donnez-les-moi à présent, et prenez-le, » leur dis-je. Ils s'empressèrent de conclure le marché; car il y avait longtemps qu'ils désiraient cette belle statue grecque pour la grande galerie qu'on nomme Pio Clementino.

« Placez-le à côté de votre Ariane, » dis-je en riant tout haut dans ce grave palais du pape. Ils me crurent fou, sans doute; mais ils ne firent pas attention à moi.

Je le vendis sans le regarder, comme un homme dans un pays païen vendrait son fils chéri.

On vint le chercher avec des bœufs et on le traîna par ces rues où il avait dû passer si souvent dans d'autres âges, sur un trône enguirlandé, dans des processions telles que les aimait Ovide.

Je ne le regardai pas une seule fois; je saisis l'argent que les gardiens des galeries me comptèrent et signai le papier qu'ils me tendaient; puis je me hâtai de sortir; les cloches sonnaient; le soleil était brillant; je me sentais pris de vertige, sourd et aveugle.

Je serrai ces richesses acquises par la vente de mon dieu, comme si j'avais vendu quelque vie humaine; je m'assurai de la présence de mon long couteau étroit dans les plis de ma chemise, et me hâtai d'entreprendre mon œuvre.

Je n'avais pas d'indices pour me guider, car la mer

est vaste, et ses côtes sont nombreuses; mais je ne doutai pas de trouver les fugitifs. Ainsi quittai-je Rome. Et Hermès fut placé dans la grande galerie, à côté de la tête armée de rayons d'un Jupiter, et l'on mit à ses pieds un bassin en jaspe d'Assyrie, qui avait pu servir de baignoire à Sémiramis.

Il importe peu de savoir comment je fis mon voyage; je n'avais aucun guide, excepté le nom connu d'Hilarion; quiconque a quelque renommée a allumé un phare qui éclaire sans cesse sa route, et il ne peut plus retourner dans le frais crépuscule de la vie privée, même quand il le souhaite le plus.

C'était le cas d'Hilarion. Je revins, il est vrai, mainte fois sur mes pas et fis plus d'une course inutile; mais j'avais l'argent de mon Hermès, une forte somme, plus que suffisante; je *le* trouvai à Venise.

Je fus persévérant et je réussis; un matin du mois de juin je découvris à Venise, dans les lagunes, le bateau aux voiles blanches. On disait qu'il allait repartir vers l'est, vers les vieux pays enchantés de l'Orient.

La ville était ravissante au milieu de l'été. Je la connaissais bien, et dans mon jeune temps j'y avais été heureux. Cette fois elle me parut désenchantée.

Ses rues aquatiques m'avaient été aussi familières que les chemins de Rome, mais tout avait perdu son charme d'autrefois. Le silence semblait le calme terrible d'un monde oublié de Dieu; l'eau fuyante avait les ondulations argentées d'un serpent; les senteurs de sel des rivages marécageux étaient devenues pour moi comme les sulfureuses vapeurs du terrible monde où pleurait Persephone.

Je trébuchai le long des étroits sentiers, et la chanson du batelier, le rire des petits enfants qui

dansaient et clapotaient au bord des canaux, jetaient
une note discordante dans mon cerveau, comme autrefois ils devaient narguer l'amère souffrance des condamnés dans les cellules au-dessous du niveau de l'eau.

Je n'avais pas de projet défini, sauf celui d'attendre
et de frapper le ravisseur. J'étais Romain : la vengeance pour moi était un devoir, et un devoir qui
avait le pas sur les autres. Je ne raisonnai pas ; j'é-
coutais une voix qui me disait : il doit mourir.

Je trouvai aisément le palais qu'il habitait. Chaque
oisif eût pu me l'indiquer. Hilarion était vite re-
marqué.

La maison était située dans une large rue ; c'était
un grand vieux palais fantastique, doré et sculpté et
majestueux, faisant miroiter sur l'eau sa sombre
splendeur, comme aux jours de l'aveugle Dandolo.

On ne passait que rarement par ce chemin silencieux, situé en dehors du trafic ; il y avait une grande
cloche au son pesant dans une tour voisine, et une
nuée de pigeons dans l'air, et un parfum de lis ; — je
le remarquai en approchant. Ma vue et mon cerveau
étaient lucides : je me pris à réfléchir sur ce que j'étais
venu faire ! Moi, un meurtrier ! était-ce bien possible ?

Si seulement je le rencontrais en plein air !

Je m'assis à l'angle du mur et j'attendis. C'était de
très bonne heure ; nul ne prit garde à moi : un vieillard rêvassant au bord de l'eau cela n'est guère sus-
pect. J'observai la maison ; *elle* y était sans doute,
mais, chose étrange, je ne pensais pas à elle ; mon
esprit était trop préoccupé de lui.

Pour quiconque a résolu la mort d'un homme, le
monde ne contient plus que lui-même et sa victime,
et Dieu, qui verra justice faite.

Les spacieuses portes du palais étaient ouvertes ; on pouvait voir au-dessus des marches de marbre dans les cours et les salles ; elles étaient vastes, froides, solitaires, on n'y voyait pas une âme.

Peut-être. les gens dans la rue m'avaient induit en erreur ? Je me levai et montai l'escalier de pierre et entrai dans l'antichambre. Je suppose que quelques heures s'étaient écoulées ; le soleil était vertical, le porphyre avait un reflet rouge, le marbre jaune semblait du cuivre.

On n'entendait pas un son. Je grimpai l'escalier orné des formes de géants et de héros sur les fresques pâles et mal conservées d'un temps héroïque. Je tins mon couteau plus serré et montai marche après marche. Et s'il allait m'entendre ? Tant mieux s'il se présentait ; je l'aurais frappé devant une multitude armée, car je n'avais pas le désir de lui survivre.

Je traversai les escaliers majestueux et les paliers couverts de peintures ; il y avait une longue galerie en face de la dernière marche, et plusieurs portes ; j'ouvris la première devant moi.

La chambre était immense ; la lumière qui passait à travers les verres de couleur des croisées l'éclairait de mille teintes.

Je la parcourus dans la moitié de sa longueur, marchant sur son plancher glissant, formé de pierres de différentes couleurs. Soudain arriva à mon oreille un cri de bienvenue, bas, surpris, heureux, comme le cri d'été d'un oiseau dans l'air parfumé du lis, dans l'auréole de la lumière colorée ; elle bondit devant moi, belle et joyeuse, agile dans sa longue robe blanche, avec un filet d'or sur ses cheveux, et sur sa poitrine un bouquet d'œillets rouges.

Je demeurai stupéfié, effrayé ; ce n'était pas elle que je cherchais.

« Cher ami ! est-ce vous ? » s'écria-t-elle d'une voix pure et joyeuse.

Comment vous décrirai-je le changement qui s'était fait en elle ? C'était un changement pareil à celui de mon rêve, quand le bronze de là villa Borghèse avait remué et s'était épanoui à une soudaine vie. La transfiguration de la terre n'est pas plus grande quand, de l'aube grise et argentée où tremblent les étoiles, s'élance la splendeur du soleil au-dessus des collines.

Quel magicien l'amour est donc pour la femme ?

Jamais dans tout le cours de ma vie je n'ai vu un rayonnement de bonheur si intense, si éblouissant que celui qui illuminait son visage ; auparavant elle avait été belle comme les statues, et comme elles froide et muette et à peine humaine ; à présent ses yeux ressemblaient à la lumière du jour ; sa bouche était comme la fleur couverte de rosée ; sa démarche, ses gestes, son regard, sa parole, tout son être resplendissait de la grâce et de la beauté de la jeunesse épanouie, tout trahissait la pleine possession du bonheur et la passion de la vie.

« Cher ami, est-ce vous ? dit-elle en me prenant les mains. Je dois vous avoir semblé si ingrate par mon silence, dit-elle doucement. J'en étais attristée moi-même ; mais il le désirait tant. »

Je retirai mes mains au souvenir d'Hilarion.

« Vous êtes donc heureuse ? » balbutiai-je enfin avec effort. Et je me tus et la contemplai, car il y avait en elle tant de puissance, tant de charme. Et tout ce temps elle me regardait dans les yeux avec la douce

candeur d'une innocence qui ne connaît ni la crainte
ni le soupçon.

« Heureuse ! » Elle sourit en répétant le mot.

Sans doute il lui semblait bien faible pour mesurer
tout ce qu'elle éprouvait. Puis son ancienne fierté
brilla dans ses yeux.

« Il m'aime ! » dit-elle, comme si cela disait tout.

« Vous souvenez-vous quand je vous demandais ce
qu'était le bonheur, reprit-elle après quelques instants.
Vous souvenez-vous que j'interrogeai les jeunes filles
sous les arbres de Castel Gandolfo ? Comme si jamais
on pouvait savoir jusqu'à... »

Puis une vive rougeur couvrit son visage, et elle
sourit et prit le regard étonné et rêveur que je connaissais si bien, et elle parut oublier ma présence.

Je me tenais debout, ma main était retournée in-
stinctivement à mon couteau. Je ne pouvais pas détacher mes yeux d'elle. Elle était transfigurée. En face
d'une pareille félicité, que pouvait-on dire à cette
femme, de sa honte, et du mépris du monde, et du
tort qui lui avait été fait? Puis son regard sortit de
son rêve et revint à moi avec ses pensées.

« Et êtes-vous venu pour me trouver ? Que c'est
bon à vous ! Vous avez toujours été si bon, et je dois
vous paraître toujours si ingrate. Je voulais tout vous
dire, mais il ne l'a pas voulu ; et Maryx aussi m'aura
crue sans reconnaissance. Mais à présent il saura ; il
comprendra.

« Vous me regardez d'une façon étrange ! Êtes-vous
fatigué ? ajouta-t-elle, comme je gardais le silence.
Pourquoi restez-vous debout ? Êtes-vous fâché ?

— Êtes-vous heureuse ? dis-je d'une voix enrouée ;
en êtes-vous sûre ? »

« Si je le suis ? dit-elle très bas. Comment ! quand il
m'aime ? Vous souvenez-vous ? j'avais toujours peur de
l'amour, parce que c'est toute la vie ; on n'est plus soi-
même, mais on respire à travers les lèvres d'un autre ;
on n'a plus de volonté, plus de force. Mais à présent
je sais : il n'y a rien d'autre qui vaille la peine de
vivre ou de mourir ; il n'y a pas d'autre vie. Vous
souvenez-vous ? Je me demandais pourquoi les femmes
avaient l'air si heureuses, pourquoi elles allaient prier
avec des yeux humides, pourquoi les poëtes écrivaient,
pourquoi les chanteurs chantaient. Maintenant je
sais : il n'y a qu'un seul bien sur la terre, et il est
encore plus doux d'aimer que d'être aimée. »

Puis une soudaine rougeur couvrit sa joue et sa
gorge, et elle s'arrêta comme honteuse.

« Venez voir, » dit-elle, et elle effleura ma main de la
sienne ; et il me sembla qu'une flamme m'avait brûlé ;
elle fit quelques pas à travers la chambre et, tirant
un rideau de brocart garni de lourdes franges, me fit
signe de venir.

Je la suivis machinalement, et de l'autre côté du
rideau je vis une ravissante pièce octogone voûtée,
comme on en trouve dans beaucoup des palais de notre
Rome ; il y avait des marbres blancs et gris, de la
terre glaise et les instruments de sculpture, et la
lumière tombait d'une haute fenêtre en face de la mer.

« Voyez, » dit-elle, et elle me montra une statue,
en terre glaise seulement, mais très belle.

C'eût été difficile de dire en quoi consistait son
infinie beauté.

Cette statue solitaire représentait l'Amour, mais
le plus ravissant Amour que jamais main humaine
ait façonné ; il surpassait même le parfait Amour

thespien de la galerie Borghèse. Toute la passion de l'univers, tous les rêves des amants, toutes les visions du ciel qui ont jamais enchanté les poëtes dans leur sommeil, se lisaient dans la langueur de ces yeux rêveurs, dans le sourire de ces lèvres closes qui semblaient dire : « Que peuvent donner la terre et l'éternité qui vaille une seule heure que je donne ? »

Cependant son visage n'était que l'image d'Hilarion, mais transfiguré, et tel qu'il paraissait aux yeux d'une amante ensorcelée ; ce n'était pas le visage d'un mortel : il était grand comme la divinité, superbe comme le matin.

Je me tenais là debout silencieux, indécis.

J'aurais pu abattre la statue, comme Polyeucte renversa les statues des faux dieux. Mais quoi ! c'était son dieu à elle.

Elle s'assit sur un bloc de pierre, secouant en arrière l'or bruni de ses boucles et souriant, tandis que les œillets tombèrent de son sein aux pieds de l'Amour.

« Voyez ! il sait que c'est mon œuvre, car il l'a vue naître sous mes doigts, d'un morceau de terre informe ; et maintenant il *croit*. Vous le direz à Maryx. C'est meilleur que tout ce que j'avais fait jusqu'ici, je le sais ; mais aussi je n'ai eu qu'à *le* regarder. Qu'importe que les autres ne croient pas que c'est moi qui l'ai fait, pourvu qu'il le sache, lui ! et si cette statue vit après moi, on ne pensera pas à moi, mais à lui, et l'on se répétera son nom, pas le mien. Et c'est ce que je souhaite. Qui peut désirer la renommée pour soi-même ? Mais dire au monde, dans tout ce long avenir que personne de nous ne verra, combien ce que nous aimions était beau, de sorte que même après notre mort nous semblerions vivre pour notre amour et le servir, c'est presque l'immortalité.

« Maryx avait coutume de dire que l'amour tue l'art, murmura-t-elle; vous lui direz... Oh! que je le plains de ne pas connaître l'amour! »

Et doucement elle baisa les pieds de son dieu.

Que pouvais-je lui dire? Son innocence était si parfaite; si parfaits sa joie et son orgueil; lui parler du monde, des coutumes, de l'opinion semblait un blasphème.

En vérité, la statue était admirable.

Peut-être n'avait-elle regardé que son visage, mais elle l'avait vu au travers de la grandeur de sa propre passion et de son âme céleste.

Elle se leva rapidement et me tendit la main.

« Allons-nous-en; il ne veut pas encore que je montre cette statue à personne. »

Je ne pris pas sa main.

« Il est votre seule loi! » dis-je, et je m'arrêtai; car comment lui découvrir ce qui consumait mon cœur?

Elle me regarda avec surprise.

« Je ne sais pas même si quelqu'un d'autre existe, » dit-elle simplement.

Elle disait vrai.

Un grand amour est un isolement absolu. Rien ne vit, ne se meut, ne respire, sauf une seule vie; pour une vie seulement, le soleil se lève et se couche, les saisons se suivent, les nuages portent la pluie et les étoiles chevauchent dans les hauteurs; les multitudes à l'entour cessent d'exister ou ne semblent que des ombres de revenants; de tous les sons de la terre, une seule voix se fait entendre; tous les âges passés ne sont que le précurseur d'une âme; toute l'éternité ne peut être que son héritage.

Oh! enfants du monde, que savez-vous d'un tel amour? Rien de plus que le ver de terre aveugle, rampant vers son compagnon, ne sait des splendeurs matinales du jour.

———

IX

Du moins elle était heureuse.

Peut-être avait-elle raison, me disais-je. Quelques heures de joie valent peut-être mieux que de longues années de vertueuse et monotone indifférence.

Cet Amour qu'elle avait fait à l'image d'Hilarion, le roi, le tyran du monde, était pour elle l'ange qui amène les rêves parfaits et permet au dormeur fatigué de visiter le ciel. Elle laissa retomber le rideau et s'approcha de moi.

Vous ne voulez pas venir? dit-elle; eh bien, n'importe; cela ne fait rien que vous le voyiez; vous le direz à Maryx. Dites-lui aussi que si je parais ingrate, je n'ai pas oublié ses nobles leçons. Vous resterez pour la journée? Dans une demi-heure il sera de retour, et il sera si content de vous voir; oh! j'en suis sûre.

— Sera-t-il bientôt de retour?

— Oui, il est seulement allé voir son bateau, cette jolie barque qui est dans le port.

— Le bateau aux voiles blanches? Je le connais! je le connais! » m'écriai-je tout haut : elle me regarda étonnée et un peu effrayée.

« Et quand le bateau fera voile sans vous? dis-je

brutalement. Ce jour viendra, il vient toujours. Vous
êtes mon Ariane; mais vous oubliez Naxos! Oh! le
jour viendra! vous embrasserez les pieds de votre
idole, mais elle ne restera pas, elle s'en ira loin, loin,
et vos prières ni vos larmes ne l'arrêteront. Hélas!
c'est toujours ainsi. »

Sans aucun doute, il eût été plus humain de lui
plonger mon couteau dans le sein que de lui tenir
un pareil langage.

Toute ombre de couleur abandonna son visage; le
pâle azur de ses veines se changea en un gris de cen-
dre. Elle trembla d'un soudain frisson quand le nom
qu'elle détestait, le nom d'Ariane, frappa son oreille.

« Et quand il vous quittera? dis-je avec une persistance cruelle. Vous souvenez-vous de ce que vous
m'avez dit un jour de la femme des marais salins, qui
n'avait pour se souvenir de l'amour que des plaies
inguérissables? C'est tout ce que l'amour de cet
homme vous laissera.

— Ah! jamais! »

Elle se le dit à elle-même plutôt qu'à moi. La terreur disparaissait de ses yeux, le sang lui revint au
visage; elle était dans la douce exaltation de cette foi
aveugle qui marche où on la mène, sans jamais demander le but ni craindre le sort. Son amour à elle
était impérissable; comment pouvait-elle croire que
le sien *à lui* fût mortel?

« Vous êtes cruel, dit-elle. Nous sommes unis pour
toujours; il l'a dit. Mais si même, si je ne me souve-
nais de lui que par mes blessures, qu'est-ce que cela
changerait en moi? Il m'aurait aimée. S'il veut me
faire du mal, qu'il le fasse. Je suis à lui comme ses
chiens. Songez donc! il m'a regardée, et le monde m'a

paru beau; il m'a touchée, et j'ai été heureuse, moi
qui ne l'avais été de ma vie. Mais comme vous me
considérez d'une façon étrange! comme vous me parlez
durement! »

Je serrai mon couteau sur mon sein en maudissant
Hilarion à part moi. Comment lui dire à elle ce qu'il
avait fait d'elle aux yeux du monde?

« Je pensais que vous seriez content, reprit-elle
songeuse, et s'il n'avait tenu qu'à moi, je vous l'aurais
dit il y a longtemps. Je ne sais pas pourquoi vous me
regardez ainsi. Peut-être êtes-vous offensé parce que
je vous ai paru ingrate, à vous et à Maryx. Peut-être
l'ai-je été. Je ne pense à rien, à personne qu'à *lui*.
Ce qu'il désire, je le fais. Rome même ne m'est plus
rien, et les dieux... il y en a un seul pour moi, et il ne
me quitte pas. Vous souvenez-vous? je rêvais de grandeur pour moi-même.— Ah! que m'importe à présent!
Je ne souhaite plus rien. Quand il me regarde --- les
dieux eux-mêmes ne pourraient me donner rien de
plus. »

Et le rayon de tranquille douceur revint dans ses
yeux, et ses pensées se perdirent dans les souvenirs
de cette parfaite passion qui la possédait, et elle oublia
ma présence.

Je sentais ma gorge serrée, ma langue collée à mon
palais. Moi qui prévoyais la fin de tout ceci aussi certainement que je pouvais prévoir la fin du jour qui
nous éclairait, je demeurais muet, interdit, devant cet
amour qui ne savait rien des lois de l'humanité. Que
ces pauvres lois paraissaient bourgeoises et triviales!
Comment oser révéler à Giojà sa honte? Et puis qui
sait? Après tout, peut-être ne mentait-il pas; peut-
être à ses côtés n'entendait-il que les rossignols; mais

non, me disais-je, il se lassera bientôt de cette idylle,
et retournera à ses déesses vénales.

Je me tenais debout, le cœur brisé, dans la chaude
lumière qui entrait par la fenêtre et inondait le visage
de Giojà. Que pouvais-je lui dire? Un homme plus
ferme, plus austère, plus sûr de son propre jugement
que je ne l'étais du mien, l'aurait sans doute arrachée,
de ses mains rudes, de ce rêve dans lequel elle marchait vers sa ruine.

Sans doute un plus sévère moraliste que moi n'aurait pas eu de pitié et l'aurait accablée de tout le poids
de ces amères vérités dont elle était si ignorante ; lui
aurait montré l'abîme de mépris terrestre sur le seuil
duquel elle se trouvait; aurait détruit sa crédule foi,
qui ne pouvait avoir plus longue vie ou plus tenace
racine que la plante grimpante et fleurie née d'un soleil d'été. Oh oui! sans doute! Mais je suis faible et
peu sage, et ne suis jamais sûr que les lois et les voies
du monde soient justes.

Elle sembla faire un effort pour revenir à elle et se
rappeler que j'étais là, et tourna vers moi ses yeux
remplis de rêves, comme ceux d'un enfant qui a
sommeil.

« Vous avez été bon pour moi, dit-elle avec cette
grave douceur de son rare sourire, que je guettais
autrefois comme un vieux chien guette le sourire de
son jeune maître. — Je dois avoir paru si ingrate !
mais il m'a ordonné de me taire, et je n'ai pas d'autre
loi que sa volonté. Après cette nuit où nous nous
sommes promenés dans les champs de Néron, et où
je suis rentrée et j'ai appris qu'il m'aimait, voyez-
vous, j'ai oublié tout le reste. Oh ! que ce poème était
vrai! J'étais comme Sospitra, jusqu'à ce qu'*il* vint,

toujours songeant aux étoiles et aux cieux, dans le désert, toute seule, et souhaitant toujours la vie éternelle, alors que la vie *à deux* est seule digne d'un souhait ou d'une prière. »

Je voyais l'avenir ; elle, ne le pouvait pas. Je savais que la passion de son amant — si passion il y avait, et si ce n'était pas la vulgaire vanité de subjuguer et de posséder — s'évanouirait peu à peu comme les étoiles au ciel gris du matin. Je le savais, mais je n'avais pas le courage de le lui dire.

Les hommes ne sont fidèles qu'aux infidèles. Mais que savait-elle du cœur humain ?

« Rêvant des étoiles et des cieux dans le désert, toute seule ! Oui ! » m'écriai-je, et les liens de mon silence se dénouèrent, et les mots s'échappèrent de mes lèvres comme un torrent entre les collines.

« Oui, et ne plus jamais voir les étoiles, perdre à tout jamais la paix du désert, vous croyez que c'est un gain ! Oh ! ma chérie, que puis-je vous dire ? Vous ne me croirez pas. Je vous paraîtrai un menteur, un prophète de malheurs imaginaires. Je maudirai au lieu de bénir. Que puis-je vous dire ? Athèné vous protégeait. Vous étiez de celles qui vivent seules, mais avec qui sont les dieux. Un homme vous aimait, qui était grand et bon, pour qui vous étiez une chose sainte, qui vous aurait élevée vers les cieux, et vous ne faisiez pas plus attention à lui qu'à la terre que vos pieds foulaient ; il était moins pour vous que les marbres qu'il sculptait ; et il souffre, et peu vous importe ! On vous a fait la plus grave offense qui puisse atteindre une femme, et vous croyez que c'est le bien suprême, le don le plus doux ! Il a flétri toute votre vie comme une main cruelle effeuille une rose, et vous vous réjouissez ! Oh !

ma chère, ma chère, je viens trop tard! Voyez! il a commis plus qu'un meurtre, car le meurtre ne tue que le corps; il a tué votre âme. Il éteindra tout ce qui est du ciel en vous; votre esprit, vos espérances, vos rêves, et ce mystérieux rayon que nous nommons génie, et qui peuplait la commune lumière du jour, au-dessus de vous, de magnifiques visions que nos yeux, moins perçants que les vôtres, ne pouvaient saisir. Il a fait pis que de vous tuer, et je suis venu pour prendre sa vie. Vous frémissez, mais je dis vrai, je voulais vous sauver par sa mort. Mais même pour cela j'arrive trop tard. Je ne peux pas même vous rendre ce dernier service. Le frapper serait vous frapper. Je viens trop tard, prenez-le, gardez-le, jusqu'à ce qu'il vous abandonne. J'attendrai. »

Je retirai le poignard de mon sein et le brisai sur mon genou et j'en jetai les deux moitiés aux pieds de Giojà.

Puis je me détournai sans la regarder une seule fois et je m'en allai.

Je ne sais pas comment le jour s'enfuit; les cieux semblaient rouges d'un incendie; les canaux rouges de sang. Je ne sais pas comment je trouvai mon chemin sur les planchers de marbre et dehors, à l'air. Je me souviens seulement que je tâtonnais en marchant comme si la clarté dorée du soleil était l'obscurité, et que je descendis les marches d'un pas incertain et m'arrêtai sous un angle de la maçonnerie, regardant stupidement couler l'eau.

Je ne sais pas si quelques minutes ou quelques heures avaient passé, quand une vague perception de son me fit regarder à la fenêtre au-dessus de moi, une vaste haute fenêtre ornée d'or bruni et toutes sortes

de sculptures en pierre. Le soleil jetait un scintillement de joyaux sur les vitres peintes ; un battant de
la fenêtre était ouvert; je vis dans la chambre la tête
délicate d'Hilarion penchée avec un doux sourire. Je
vis Giojà dans toute sa beauté, se fondant pour ainsi
dire dans son embrassement; je vis leurs lèvres se
rencontrer.

« Oh ! si je n'avais pas brisé ma lame ! »

X

Quand je retournai au Ponte-Sisto, je crois que le faune de la fontaine était mort ou parti. Je ne l'ai plus jamais entendu depuis.

La nature est-elle bonne ou cruelle? qui peut le dire ?

Les cyclones arrivent, ou le tremblement de terre ; la grande vague se lève et engloutit cités et villages et retourne d'où elle était venue ; la terre s'entrouvre et dévore les jolies villes et les enfants endormis, les jardins où se promenaient les amants, et les églises où priaient les femmes, puis les marais sèchent et le gouffre béant se referme. Les hommes se remettent à bâtir, et l'herbe croît, et les arbres, et les saisons fleuries reviennent comme auparavant. Mais les morts sont morts : rien ne change cela !

Comme il en est de la terre, ainsi en est-il de notre vie : notre pauvre, courte vie, la seule chose que nous puissions vraiment appeler nôtre.

Les calamités l'écrasent ; le désespoir l'engouffre ; et pourtant, après quelque temps, l'abîme semble se fermer ; la houle d'orage semble reculer ; les feuilles et l'herbe reviennent ; et nous bâtissons à nouveau.

C'est-à-dire les habitudes journalières sont reprises, nos discours et nos actions sont en apparence ce qu'ils étaient avant nos désastres. Alors les gens sages disent : « Allons ils l'ont surmonté. » Hélas ! hélas ! les enfants noyés ne reviennent plus; l'amour abattu, la prière réduite au silence, l'autel ruiné, le jardin dépouillé, — ils ont disparu pour jamais ! Et cependant nous vivons : parce que le chagrin ne tue pas toujours et que souvent même il ne parle pas.

Je retournai à ma boutique et à Palès, parce que les habitudes sont fortes et que je suis vieux.

Les gens m'épargnèrent et me firent peu de questions. Il y a plus de bonté que nous ne croyons dans la nature humaine : au moins quand elle n'a rien à gagner à être mauvaise.

Je me remis à piquer le cuir, quoique autour de moi tout fût devenu gris et noir, et les voix des foules joyeuses me faisaient mal comme un doigt qui touche légèrement et rudement une blessure profonde. Nous souffrons beaucoup quand nous reculons devant le rire innocent des autres et quand le jour nuageux nous plaît plus que le soleil.

Je fermai les volets de la fenêtre qui dominait le pont et fermai à clef la porte de la chambre. Elle me paraissait maudite.

Depuis le moment où nous avions vu, Maryx et moi, la voile contre le ciel, blanche comme l'aile d'un cygne la voile qui eût dû être noire comme la nuit, nous n'avions pas échangé un seul mot. Il ne voulait pas, et je n'osais pas parler. Il y a certains chagrins si navrants qu'on ne peut les mettre en paroles.

Quand, après bien des jours je m'aventurai timidement à travers les aloès et les myrtes jusqu'à sa maison, inquiet de l'expression que j'avais vue sur son visage, au bord de la mer, j'aperçus dans la première pièce une statue brisée; la tête, abattue, n'était plus qu'un monceau de poussière blanche et grise.

Giulio, le vieillard, vint près de moi. Des larmes roulaient le long de ses joues; je les enviais.

« C'est lui qui a fait cela, dit-il, la nuit de son retour. Il l'a abattue avec un maillet, coup après coup. Cette belle tête! c'était comme un meurtre. »

C'était sa Nausicaa. Je m'en retournai sans oser demander à voir Maryx.

« Il travaille comme de coutume, » dit Giulio. La petite vieille entra en tremblotant, plus semblable que jamais à une sombre feuille morte balancée par la brise. Elle me secoua doucement et me montra le marbre brisé.

« C'est comme je l'ai prédit : le marbre l'a tué, dit la mère. Oui; il travaille, il respire, il se meut, il parle. Les autres ne peuvent rien voir, peut-être; mais il n'en est pas moins mort. Je suis sa mère, et je sais... »

Je m'éloignai, le cœur malade, avec un vague remords, comme si j'étais coupable de quelque lourd péché. Pourquoi m'étais-je mêlé du rôle de la Fortune, la faiseuse et la défaiseuse du sort des hommes? pourquoi avais-je osé forcer la destinée, ce jour où il s'était arrêté près de moi pour emporter le petit Amour sans ailes.

Qu'était mon chagrin à côté du sien? et le tort qui m'avait été fait? Il avait donné tous les grands dons de sa grande âme; et ils avaient été repoussés, gaspillés comme de l'eau répandue à terre.

Je redescendis à travers les myrtes, loin de la

maison où gisait la statue brisée. Le plus précoce des rossignols de l'année commençait sa couvée dans quelque feuillage touffu, tout près de là; mais pour Maryx son gazouillement ne serait plus une musique, plus jamais, pas plus que je n'entendrais le chant du Faune, dans la fontaine.

Car le chant qui résonne à nos oreilles n'est que le chant qui se chante dans nos cœurs.

Et son cœur, je le savais, serait pour jamais vide et silencieux, comme un temple brûlé par l'incendie et resté debout, terrible, digne de pitié, raillerie d'une religion perdue et d'un dieu abandonné.

XI

Les mois s'écoulèrent; ces longs espaces de temps incolores, si lourds à traverser, et dont il est plus tard si difficile de se souvenir exactement, tous ceux qui ont souffert un grand chagrin les connaissent; époques indécises où l'on vit, où l'on se meut, où l'on mange, boit et dort, où même on rit peut-être (que le ciel nous soit en aide!), et où cependant, comme disait la mère de Maryx, on est mort, tout à fait mort, à tout mouvement de vie chaude et de réelle conscience.

« Que vous était-elle donc? me disaient mes bons amis du Rione. Une fille errante, venue et repartie, rien de plus; allons soyez raisonnable! »

Oui, en vérité, elle ne m'était pas davantage, et pourtant elle avait emporté avec elle ma gaieté et mon repos; et tandis que je cousais le cuir pour notre vieille Rome, le monde me semblait très sombre.

Je demeurai enchaîné, comme les pauvres le sont, pieds et mains enchaînés au sol, par la pauvreté.

Je n'avais pas d'autre Hermès à vendre. Je restai dans ma boutique, travaillant et ne voyant pas ce que je cousais, et faisant si mal mon ouvrage que mes

pratiques se fâchèrent et commencèrent à me quitter
entièrement. Les très pauvres gens, dont j'avais toujours raccommodé sandales et souliers sans leur rien
demander, furent les premiers et les plus bruyants à
s'écrier que je ne savais plus travailler.

Je ne m'en souciais guère; j'avais besoin de si peu
pour moi-même, et je pouvais toujours avoir assez de
nourriture pour le chien, du foyer de Pippo; la paix
de ma simple vie s'en était allée, et pour toujours.
Cela paraît dur quand on n'a pas commis de fautes,
qu'on n'a ni envie ni mauvais sentiment d'aucune
sorte et que votre seul plaisir est de jouir de l'air, du
mouvement de la vie, du charme des arts et des inno-
cents mystères de l'étude et de l'antiquité; cela paraît
dur, dis-je, quand ces choses sont votre joie et ne
peuvent faire de tort à personne, de voir tout son
plaisir détruit violemment comme un verre fragile
brisé à terre.

Mais je tâchai de me persuader que cela ne faisait
rien. J'étais vieux, et ce n'était que mourir un peu
avant mon temps que de voir les jours devenir si
gris et vides, et le ciel sembler une gourde vide, et la
peine de naître et de mourir trop grande pour la poignée d'années courtes, hâtées, tristes, impotentes qui
séparent la naissance de la mort; et je demeurai dans
ma boutique, et la fontaine rendait un bruit confus
et fatigant, et les pas pressés des gens sur le pont
me paraissaient cruels. — Qu'avaient-ils à se dépê-
cher quand je ne le pouvais pas ? Et je pensais souvent
à mon rêve de la galerie Borghèse, cette matinée d'été,
quand les blanches statues s'étaient éveillées et
avaient parlé.

Plus d'une fois je retournai voir Ariane, et j'aurais

aimé demander aux statues d'avoir pitié ; mais ce
n'était que du marbre ; le bel Amour était muet comme
la pierre, et la Femme romaine sur sa bière tenait les
fleurs d'oubli fermement entre ses mains et ne voulait
pas les céder.

Ce n'avait été qu'un rêve, seulement un rêve.

« Oh Dieu ! doit-elle souffrir à cause de cela ? »
criai-je dans mon cœur, et je parcourais stupidement
Rome ; et s'il était possible à un fils de haïr une mère
révérée, j'aurais presque haï les pierres de Rome.
J'étais sûr qu'Hilarion l'avait délaissée ou la délais-
serait ; et qui pouvait dire si elle était vivante ou
morte ?

En tout cas son âme est pure. Ah oui ! car un grand
amour est une grande sainteté. Vous, pharisiens et
hypocrites, vous avez dit autrement, parce que cet
amour est aussi loin de vous que les étoiles de la nuit.

Rome elle-même me semblait se rapetisser, enfermée dans le cercle des montagnes, et morte comme la
nymphe Caneus au bord du Tibre.

Quelquefois je gravissais la route sinueuse et je me
tenais sous les cèdres, regardant la mer des hauteurs
au-dessus de la ville, et je faisais des plans.

Mais j'étais vieux et pauvre.

Palès et moi ne pouvions que regarder jusqu'à ce
que le reflet bleu s'évanouît dans l'ombre de la nuit ;
et nous rentrions fatigués, nos têtes penchées, dans
notre coin près de la fontaine, la fontaine dans laquelle il n'y avait plus de musique pour nous, rien
que le clapotement bruyant de l'eau impatiente d'é-
chapper, et le son métallique des seaux de cuivre des
femmes.

Quelquefois j'allais contempler mon *Hermès* vendu.

« Il m'a appartenu, » dis-je à un étranger qui le déclarait admirable, debout sur le pavé en mosaïque baigné du soleil.

Il me regarda avec mépris et alla parler à un des gardes suisses, me croyant sans doute ivre ou fou.

Je n'avais pas osé nommer Giojà à Maryx. Il y avait une expression dans sa figure, quand je passais près de lui dans les rues, qui m'effrayait et me réduisait au silence. Mais une nuit, après plusieurs mois, je le rencontrai soudain dans le calme mort de l'amphithéâtre de Flavien.

C'était à minuit, au clair de lune : les plantes qui alors croissaient comme une couronne verte dans le travertin, se dessinaient clairement ; on voyait chaque tronc, chaque feuille, dans la froide lumière bleue du ciel ; l'eau scintillait dans les cellules souterraines ; le lézard courait et le crapaud s'asseyait sur le siège des empereurs.

Je ne sais pas ce qui, dans le silence et la solennité de l'endroit, desserra mes lèvres. L'arrêtant au passage, car Maryx m'aurait évité, tous deux seuls dans la vaste enceinte, je lui dis ce que j'avais vu à Venise et le but que j'avais eu en y allant.

Il recula avec un geste inexprimable au premier mot, comme un homme tressaille quand un nerf est mis à nu dans sa chair ; puis il demeura tranquille, et m'écouta jusqu'à la fin.

Maryx était un homme très fier, et il n'avait jamais dit pas plus à elle qu'à moi ou à personne qu'il l'aimait.

Il m'écouta patiemment jusqu'à la fin ; puis il dit lentement, avec la pâleur d'une grande émotion comprimée sur son visage :

« Oui, si l'on pouvait le frapper sans la frapper, croyez-vous que je l'aurais laissé vivre un seul jour? Non que nous ayons aucun droit, vous et moi. Nous ne *lui* sommes rien! Vous oubliez. Nous n'avions jamais de pouvoir sur elle, pas même comme ses amis. Nous lui donnions tout ce que nous pouvions donner; cela ne comptait pour rien; ce n'était ni notre faute, ni la sienne. Nous avons manqué le chemin; lui, l'a trouvé. »

Puis Maryx se tut.

Hilarion l'avait trouvé; oui, sans effort, sans sacrifice, et s'en détournerait si un autre sentier lui plaisait, aussi aisément qu'il y était entré.

Maryx regarda le ciel, où la lune voguait dans un espace clair que la guirlande orageuse des nuages avait laissé libre en se partageant.

La lumière tombant sur les traits du sculpteur, je vis comme ils étaient vieillis et tirés; les lignes nobles et hardies de son visage étaient fatiguées, dures, et les rides avaient creusé, comme le lit de la rivière après une inondation. Il avait souffert terriblement, cet homme qui n'avouait pas ses souffrances.

Le silence régnait autour de nous; l'enceinte puissante était dans une ombre profonde, les stations du Christ plus noires que tout le reste, et la croix du milieu enveloppée de ténèbres, comme à l'heure de la crucifixion.

XII

Ainsi les mois se passèrent et devinrent des années, continuant leur course avec cette hâte terrible qui sème la terre de tant de tombeaux.

Je cousais pour les braves gens de Rome, et les braves gens disaient : « Il se fait vieux ; il n'a plus de ressort. » Et souvent ils se dépêchaient de passer devant la vieille bouche de pierre de la Vérité, où s'était installé un nouveau savetier, qui avait l'esprit très jovial et qui ne prenait pas cher ; je ne sais pas si son travail durait. Mais j'en faisais assez pour vivre et gagner mon pain et celui de Palès.

Très souvent j'allais regarder mon Hermès dans la galerie du Vatican. J'aurais aussi bien pu ne pas le vendre ; mais nous ne savons toutes choses que trop tard.

Et quand les foules distraites d'étrangers, avec un vain bavardage et pas un grain de science ou de respect, se réunissaient autour de son piédestal et le louaient, j'avais envie de leur crier : « Arrière, il m'appartient ! »

Mais il ne m'appartenait plus.

Quelquefois je me demandais si elle serait fâchée d'apprendre que je l'avais perdu.

Le temps passa, dis-je, et emporta les jours, les semaines, les mois, et Rome fut balayée par les vents de l'hiver et brûlée par les siroccos d'été, et ses marbres et ses porphyres et ses vieilles briques aux teintes de pourpre se transfiguraient à chaque soleil couchant, et mon Ariane ne vint pas.

Où était-elle? Je ne le savais pas. Elle n'était pas abandonnée, puisque Maryx ne quittait pas la ville, et je savais qu'il n'oublierait pas son serment muet près de la croix.

Il se tenait enfermé dans son atelier et travaillait, disait-on. A mon avis, toute la grandeur de ses œuvres avait disparu. Mais le monde ne le remarquait pas. Devant une grande renommée, le monde est myope.

L'adresse de sa main, sa force et sa grâce y étaient comme autrefois; car l'artiste, consommé par une longue habitude de son art, acquiert à la longue une aptitude presque mécanique et peut à peine mal faire quant à la forme, travaillât-il les yeux fermés. Mais l'âme de tout art est dans le propre bonheur qu'y prend l'artiste; or le bonheur avait abandonné Maryx pour toujours. Ses créations ne lui causaient plus de joie. Hommes et femmes, perdant l'objet aimé, perdent beaucoup; mais l'artiste encore beaucoup plus, car c'est la mort de tous les enfants de ses rêves, et tous les chers compagnons de sa solitude lui sont arrachés. Maryx travaillait jour et nuit dans sa maison sur la colline Dorée; mais c'était un labeur, ce n'était plus une création; il n'éprouvait plus la joie de la création. Il travaillait par habitude, par fierté, peut-être pour se préserver de la folie; car il n'y a pas d'ami ou de médecin comme le travail; mais sa vieille mère avait dit juste : il ressemblait à un homme mort. Il ne m'avait plus parlé de Giojà depuis cette nuit dans l'amphithéâtre. En vérité, je ne le voyais que rarement. Je sentais que ma présence était une souffrance pour lui, et j'avais un remords. Pourquoi avais-je joué le rôle de la Fortune, et porté le malheur dans sa paisible vie? Nous sommes de tristes médiateurs, et nous réussissons mal à corriger la destinée.

Il ne m'avait jamais fait de reproche; mais précisément à cause de cette générosité ma conscience me tourmentait davantage.

Un jour je le rencontrai dans le parc de Panfili Doria. Ces grands bois sont beaux avec leurs talus de gazon semblables aux marécages du Nord, et leurs vieux chênes noueux et leur sol empourpré de violettes qui sont en telle quantité que vous ne pouvez pas faire un pas en hiver sans écraser une cinquantaine de petites têtes encapuchonnées.

J'avais fait une course pour reporter de gros souliers de jardinier à clous de fer; Maryx marchait contre le vent, comme marchent ceux qui veulent échapper à des revenants dont l'ombre les suit pas à pas, des revenants que le soleil ne chasse jamais.

Il me renversa presque en passant; puis, s'arrêtant, il me reconnut.

C'était par le crépuscule d'un soir d'hiver; la brise de la mer soufflait, pénétrante et froide, à travers les branches des pins; les cygnes et les statues au bord de la rivière semblaient transis; les pentes de gazon étaient couvertes de givre; les hiboux huaient.

Il me regarda dans ce triste crépuscule qui ne dure qu'un moment à Rome.

« C'est vous! dit-il d'une voix douce. Mon vieil
ami, vous ai-je négligé! Je ne vous ai pas vu depuis
si longtemps! Mais si jamais je puis vous être utile en
quelque chose...

— Non, il n'y a rien, répondis-je. Et nous ne faisons que nous causer mutuellement du chagrin. Tous
deux nous attendons. »

Je m'arrêtai de peur de le blesser.

« Venez à la maison avec moi, dit-il brusquement,
sans prendre garde à mes derniers mots. Venez à la
maison avec moi. Vous verrez mon œuvre. Rome n'a
pas de meilleur critique que vous. »

Puis il retourna sur ses pas et nous traversâmes le
parc. Sous les larges branches des ilex, les hiboux
nous frôlaient le visage, la nuit tombait, et les cygnes
quittaient l'eau pour rentrer dans leurs nids parmi
les roseaux ; et nous passâmes ensemble sous les
portes et gagnâmes sa maison, qui était proche et
où je n'avais pas été depuis le jour où j'avais vu la
Nausicaa brisée sur le sol.

La maison était presque sombre. Nous entrâmes
dans son atelier ; il battit le briquet, fit de la lumière, et je commençai à distinguer le reflet de la
blancheur des plâtres et des marbres. Nous avions
marché en silence ; qu'avions-nous à nous dire l'un
à l'autre, lui et moi ! Maryx tira les draperies qui
protégeaient un grand groupe ; la lumière tombait
d'en haut.

Ce qu'il représentait importe peu ; il se trouve
aujourd'hui devant la chambre du Sénat d'une grande
nation ; c'était une composition des âges héroïques,
majestueuse, pure et solennelle ; il n'y avait pas une
ligne fausse ou faible ; le groupe avait l'aisance par-

faite, la force que produit seule la main d'un maître.
Pourtant...

Que manquait-il ?

C'était difficile à dire. Il y avait du travail, de la
composition ; l'art n'y était pas : comme un corps
mort dont l'âme s'est envolée. J'examinai en silence.

« Eh bien ? » dit-il, et il observait ma figure. Puis,
avant que j'eusse pu mesurer mes paroles pour dire la
vé·ité tout en la voilant, lui lut ma pensée et rejeta
les draperies en riant haut : un rire que j'entends
encore quand je suis assis rêvant et que la nuit est
tranquille.

« Ah ! vous n'y êtes pas trompé plus que moi ! vous
voyez clair. C'est une imposture ; le monde s'y trom-
pera, mais nous pas. C'est un mensonge. Voyez-
le : c'est la première chose que j'aie jamais vendue
qui n'a pas une ombre de moi-même, qui à mes yeux
n'a pas de beauté, qui ne m'est ni chère ni réjouis-
sante ; rien de ma pensée ou de mon âme ne s'y est
mêlé pour la rendre forte et sainte comme doit l'être
le travail d'un homme. Ce n'est pas de l'art ; c'est
froid, dur, mesuré, mécanique comme n'importe quelle
créature de pierre que le copiste martelle d'après
quelque modèle de plâtre des galeries, et nomme un
dieu ! Qui connaît notre œuvre aussi bien que nous-
mêmes ? Silence ! ne parlez pas. Ne me dites pas de
mensonges. C'est assez que cette chose mente. »

Je me tus.

Il était inutile de chercher à l'abuser par les phrases
vides d'un compliment artificiel. Il aurait vu au travers et m'aurait méprisé.

La lumière d'en haut tombait sur le groupe à demi
voilé et sur la figure de Maryx ; ses yeux avaient une

terrible angoisse, ceux d'un lion blessé qui sent ses forces disparaître sans pouvoir se relever.

Il lança à terre la lampe qu'il tenait; la flamme s'éteignit sur la pierre.

« Voyez cette lumière! dit-il; un moment, moins qu'un moment, et elle est étouffée, rien qu'en tombant; voilà ce qu'est la lumière en nous qui nous croyons la lumière du monde. Un coup, et nous sommes dans l'obscurité pour jamais. Nous faisons des Jupiter en fureur, des Christ pleins de pitié; nous devrions les faire tous deux riant seulement; chaque dieu doit rire. Voyez! les hommes m'ont appelé grand, et peut-être ai-je été plus fort que la plupart d'entre eux, et ils continueront à m'appeler grand, et grandes toutes mes œuvres, par simple force d'habitude et de souvenir et par imitation. »

Il se tut quelque temps, regardant à travers la fenêtre, dans la nuit sans étoiles; la lampe brisée gisait à ses pieds.

« Voyez! reprit-il soudain, la douleur de tant de mois de silence se faisant jour comme une rivière longtemps entravée brise ses digues, voyez! tout enfant, déjà je ne me souciais que d'art; marchant derrière mon mulet sur le sol pierreux, je ne voyais que les images que j'avais admirées dans les églises et les figures des dieux et des saints. A Paris, affamé et sans asile, j'étais heureux comme un oiseau dans l'air, parce que le jour me montrait des formes admirables, que je revoyais la nuit plus belles encore. Quand vint la renommée, les louanges des hommes et les triomphes, je me réjouis parce que, par ce moyen, je pouvais consacrer mes années aux études que j'aimais, et donner au monde, sous une forme réelle, les visions

de mon cerveau. Je n'ai jamais été orgueilleux de
l'orgueil vulgaire; mais j'étais heureux... ah! mon
Dieu! j'étais heureux. La pierre obstinée m'obéissait,
aussi soumise qu'une esclave; je prenais plaisir à
ma force; je sentais mon talent; mon travail m'é-
tait cher, et en m'éveillant j'y songeais comme à la
plus douce maîtresse qui pût me sourire sur terre.
Mais à présent tout cela est fini, mon génie est mort!
Je ne me soucie pas plus du marbre que l'ouvrier qui
le taille pour gagner son pain quotidien. Il ne me dit
plus rien à présent, il est vide de sens et froid, et
je le maudis! Je ne pourrai plus jamais le faire parler. »

Puis sa tête se pencha sur sa poitrine; il se laissa
tomber sur un banc à côté de lui et se couvrit le visage
de ses mains.

Il avait oublié ma présence.

Je m'en allai silencieux et le quittai, pour ne pas
voir un grand homme pleurer.

Quelle consolation lui offrir?

En vérité, les sculpteurs Grecs avaient raison :
l'amour brûle l'âme.

XIII

L'été était revenu, l'ardent bel été du Midi, et j'étais assis rêvassant une nuit, sous la porte de ma boutique, avec la lampe se balançant sur sa corde au-dessus de ma tête ; j'entendais le son argentin des rires, et le cla- potement des rames dans l'eau, et le chant léger des guitares, et les pas joyeux des jeunes gens et des jeunes filles sur le pont : tous sons aussi discordants et désa- gréables à mon oreille qu'autrefois ils avaient été les bien venus. Je crois qu'une des plus grandes amer- tumes de la souffrance est qu'elle vous fait presque détester la gaieté innocente des autres.

J'étais donc assis, le clair de lune argenté rayon- nant à mes pieds, et les gens autour de moi dansant notre belle saltarelle nationale, dont nos garçons et nos filles sont devenus honteux depuis que les étran- gers nous arrivent en masse. Il paraît que le manque de grâce est aussi un progrès. Nous étions en été ; il n'y avait pas d'étranger dont la présence indiscrète fît rougir la jeunesse d'être gracieuse, et elle dansait cette danse parfaite entre la fontaine et la rue, et j'étais assis, las et abattu, le son du tambourin marte- lant mon cerveau.

En les voyant, mon cœur devint plus malade qu'auparavant, et les chants sonores des moissonneurs frappèrent péniblement mes oreilles.

Toute la journée, et déjà quelque temps auparavant, je ne sais pourquoi, une sourde inquiétude m'avait saisi, et ce sentiment de quelque chose d'étrange autour de moi, que l'on éprouve parfois : dépression nerveuse, disent les doctes ; pressentiments, disent les simples.

Je haïssais ces languissantes guitares, et ces tambourins secoués, et ces jolies jeunes filles. Je me levai et appelai Palès, et j'allai errer dans la blanche nuit silencieuse, par les chemins familiers. La nuit, Rome est encore la cité des dieux : les ombres voilent ses blessures ; les lueurs des étoiles argentent ses pierres. Si vous avez la foi, là-bas où la sombre verdure des lauriers frôle le marbre comme au temps d'Agrippa, vous verrez passer les immortels, enchaînés avec des feuilles mortes et pleurant. Je les avais vus dans des jours passés, des jours où aucune affection humaine n'enchaînait mes pensées à la terre : à présent je marchais à travers les pierres, courbé et aveugle, songeant toujours, songeant encore...

Soudain une main se posa sur mon épaule. C'était Maryx.

« Je m'en vais. Ici je perdrais la raison avant de perdre la vie. Quand on est fort, on ne meurt pas. Vous l'avez vu : je suis comme un paralytique. Peut-être les voyages me feront du bien. Vous ne parlerez pas de moi. Allez voir ma mère. Je serai absent jusqu'à ce que je sente quelque force me revenir pour le travail, ou jusqu'à... »

Il ne termina pas sa phrase, mais je compris. Il

voulait dire jusqu'à ce qu'elle soit abandonnée. Je ne pouvais rien répliquer. Je savais qu'il n'était plus lui-même.

Il regarda mon Apollon Sandaliarius, la petite statuette blanche qu'il avait sculptée dans les jours de sa jeunesse, quand il était un jeune garçon aux yeux brillants, aux membres agiles, rempli d'une noble et bouillante ardeur de la vie, et de cette foi en ses propres forces qui fait obéir au destin.

Une grande douleur parut dans ses yeux.

« Ah! qui ne donnerait son âme pour retourner de vingt-cinq ans en arrière! J'ai à présent tout ce que je rêvais alors; et à quoi bon? »

Puis, comme honteux, il s'arrêta et ajouta d'une voix plus froide et calme :

« Je ne sais pas où j'irai, vers l'est probablement. Consolez ma mère. Vous êtes bon. Adieu, mon ami. »

Il me serra la main et partit.

Le ciel me parut plus vide, le monde encore plus gris qu'auparavant. Mais Maryx avait raison de partir, je le savais. Ici l'inaction et le désespoir de sa défaillance rongeraient sa vie; il finirait par se maudire lui-même et pleurer devant le génie de ses propres œuvres, comme l'a fait Swift. Car il ne peut rien y avoir d'aussi terrible que de voir son âme morte alors que le corps vit encore.

Ainsi je fus laissé seul dans la ville, et les jours, les semaines et les mois se traînaient lentement: *ohne hast, ohne rast,* comme disent les Allemands des étoiles. Seulement, quand on a ni la joie impatiente de la hâte, ni la sereine joie du repos, la vie n'est qu'une marche monotone et ennuyeuse, qui boite comme une mule blessée sur un chemin rocailleux.

La mère de Maryx, laissée seule sur la colline Dorée, ne se plaignit pas ; elle comprenait peu de choses, mais elle comprit pourquoi il était parti.

« J'ai toujours dit qu'il en serait ainsi ; je l'ai toujours dit, murmurait-elle, ses faibles mains cherchant à son cou la croix de bois qu'elle portait toujours depuis sa première communion. Comme c'était loin ce temps ! Est-ce qu'elle avait été vraiment un jour une joyeuse petite fille aux yeux bruns, courant en sabots dans les champs brûlés du soleil. Son père aussi avait coutume de rire et disait : « Comment le marbre pourrait-il me faire du mal ? C'est moi qui lui en fais en l'abattant hors de ses cavernes et le brisant en atomes. Mais malgré cela, un jour le marbre prit sa revanche et l'écrasa. Il n'était qu'un simple tailleur de pierre. oh ! je sais ! Et mon fils est une sorte de roi à sa manière ; mais c'est égal, le marbre ne pardonne pas : il est patient, mais il se venge toujours. »

Et elle acceptait son malheur avec cette sorte d'engourdissement, ce mélange de désespoir et de patience qui est la résignation du paysan à la volonté de Dieu. A son idée, le marbre ne pardonnait jamais à ses maîtres ; moi, je pensai : Quel art pardonne jamais à ceux de ses disciples qui ouvrent leurs yeux pour admirer quelque beauté en dehors de la sienne ?

Aimez l'art sans partage, il vous donnera un bonheur qui défiera les changements des saisons et ceux de la fortune. Mais si à votre culte pour lui vous mêlez quelque amour humain, l'art vous regardera pour toujours avec les yeux du Christ lorsqu'il regarda son disciple infidèle à l'heure où le coq chanta.

XIV

Ainsi fuyait le temps et la vieille femme continuait à filer son lin dans la magnifique maison de la colline, tout en devenant plus faible et presque aveugle; et moi, dans mon coin près de la fontaine, je travaillais pour gagner mon pain par les étés torrides et les hivers glacés; et je devenais taciturne, disait-on, et contentais de moins en moins mes pratiques. Mes voisins disaient « Qu'est-ce que cela peut vous faire? Ce n'est pas comme si c'eût été votre fille. »

J'avais tort, sans doute! mais les simples plaisirs de la vie étaient tous morts et envolés, et les visages ridés des vieux manuscrits ne me disaient rien, et le charme des arts était rompu pour moi, et je ne me serais pas même soucié d'avoir découvert les joyaux des Faustins ou le Cupidon perdu de Praxitèle.

Une grande douleur est comme ce poison subtil que transmet en été une mouche à charbon, et qui porte la paralysie à tous les nerfs; les plus éloignés comme les plus proches sont également frappés et engourdis.

Que devenait Giojà? Le bonheur illusoire et infidèle qui l'avait leurrée s'était-il enfui? Restait-elle seule?

Mon œil suivait ma pensée vagabonde au delà du milieu où je vivais. Je ne regardais plus ce qui m'entourait. Rome est si belle à voir sous la splendeur de son ciel de lumière! mais elle ne me paraissait plus qu'une prison retenant mon corps captif, tandis que mon âme malade errait au loin, dans des pays étrangers, cherchant, cherchant toujours.

J'avais peu d'espoir qu'il lui demeurât fidèle; cependant parfois je m'imaginai que le parfait amour de la jeune fille, son entière innocence du mal et ses dons merveilleux pourraient conserver même sur lui quelque influence, et qu'il n'en serait pas d'elle comme des autres.

Hilarion ne revint pas à Rome. Ce n'était pas la crainte qui le retenait. C'était sans doute ce dégoût des peines morales très marqué dans son tempérament. C'était aussi peut-être quelque remords de conscience; car sa conscience était toujours parfaitement éveillée, et le pire en lui était que, connaissant le mal, il le choisissait de propos délibéré. Mais il est vrai que pour lui et pour son école il n'y a en réalité ni bien ni mal. Tous les hommes sont irresponsables selon lui, étant nés sans volonté propre, et tous égarés, perdus dans une obscurité chaotique sans commencement ni fin, sans raison ni but.

Hilarion ne vint plus à Rome, et les beautés de Daïla s'épanouissaient en vain dans l'air vide pour les paysans, qui n'avaient pas d'yeux pour admirer et ne voyaient que la sauterelle sur les épis de blé, les scarabées sur les feuilles de vigne.

Demandait-on des nouvelles d'Hilarion, ses gens répondaient qu'ils ne savaient rien de lui. Peut-être était-ce vrai. Hilarion était de ceux qui ont plusieurs maisons dans plusieurs pays, mais n'ont pas de *home*.

Du petit Amphion aussi je n'avais plus de nouvelles depuis la nuit fatale.

Autour de moi, la vie n'avait pas changé : mes voisins jouaient à la trisella et au zechinetto comme autrefois ; Ersilia grommelait et travaillait, avec une ride de plus entre ses noirs sourcils ; Pippo faisait la cuisine, et la jeunesse dansait sur les pierres, au son du luth et de la viole et aux battements du tambourin, et les rossignols chantaient dans les jardins, et les chèvres faisaient sonner leurs clochettes dans les rues au point du jour.

Mais à moi le monde paraissait mort, — mort, comme, sous la terre, les millions d'hommes tués par Néron.

Une année s'était écoulée depuis que Maryx avait quitté Rome, et nous étions de nouveau en été, — la mi-été, quand les foules avides de fraîcheur courent joyeusement vers la campagne pour voir les moissonneurs à large poitrine qui chantent, des épis dans leurs cheveux, des coquelicots derrière l'oreille. Ah les coquelicots ! — le don de l'Amour.

Je traversai le Forum ; je passai l'arc de Trajan et celui de Constantin, et longeai cette large route bordée de mûriers, où les ruines de temples innombrables s'élèvent parmi les champs et les jardins, les blés coupés et les cerises mûres.

La route tourne à gauche, comme chacun sait, et mène aux bains du pauvre fou Caracalla ; et l'on trouve partout des amas informes de briques et de pierres brutes, au milieu du gazon et du sol cultivé, et vous savez qu'ils étaient tous sacrés et beaux un jour, avec des dômes et des portiques, des colonnes et des arches élevées, une multitude qui adorait, et la fumée du sacrifice montant, et les grandes statues aux sereines figures immobiles, au milieu du tumulte de l'émotion et de la prière.

La nuit était calme et lumineuse; un million d'étoiles scintillaient à la voûte d'un bleu violet; tout était tranquille; je n'entendais que le cri des hiboux s'envolant des masses ombreuses du théâtre de Flavien, derrière moi, dans l'obscurité. Je songeai aux midis brûlants, au peuple assemblé, au couteau du prêtre, à la chute du bœuf, à la fontaine de sang, à la frénésie de la mort, à l'adoration d'Attis, à tout ce que les maudites races orientales ont amené à Rome pour sa ruine par les convoitises.

Je songeai et frissonnai, et continuai mon chemin, et j'oubliai ces choses : que m'importait la chute des dieux ou des nations ? Je n'avais pas même été capable de veiller sur une seule vie humaine.

Les parfums de la terre s'élevaient doux et forts autour de moi ; le blé moissonné s'appuyait sur les autels brisés, et le trèfle coupé était en tas près des Lares abandonnés ; les lucioles rendaient l'air vivant et incandescent, et les cricris seuls répondaient aux hiboux en chantant, cachés sous les épis.

J'aperçus les larges masses rouges des Bains antiques; ils n'étaient pas rouges à présent, mais gris et bruns, dépouillés de leurs marbres et nus au clair de lune, hantés seulement par tous ces êtres ténébreux qui ne sortent que de nuit, et venaient ramper sur les pavés de mosaïques qui jadis avaient porté tant de millions de pieds blancs et doux, brillants d'onguents et de parfums.

Dans cette chaude nuit d'été, les senteurs des innombrables plantes et fleurs étaient aussi douces qu'autrefois les flots de parfums versés sur les membres des patriciens dans ces recoins en ce moment si noirs et si déserts, cédés aux salamandres et aux hermines, éternelle ironie de la renommée mortelle qui semble toujours éclater de rire dans Rome.

C'était un asile pour les voleurs ; mais je ne pouvais avoir peur, moi, pauvre vieux à bourse vide. Des mendiants y couchaient, et des voleurs même, s'il leur en prenait fantaisie ; je ne fus donc pas étonné de distinguer dans l'ombre, sous le fragment de corniche de marbre, dans la salle centrale, qu'un acte brutal était en train de s'accomplir : deux vauriens robustes et demi-nus terrassaient et fouillaient un vieillard.

J'étais vieux aussi, mais très fort, et j'avais mon couteau ; les voleurs n'étaient que deux ; ils s'enfuirent avant même que je les eusse touchés, croyant que les gardes venaient derrière moi, et disparurent sans autre blessure que celle des dents aiguës de Palès. Le vieillard marmotta de nombreuses malédictions et peu de remercîments ; il avait été volé de quelques pièces de cuivre ; il était fort pauvre, disait-il. Regardant son visage hagard, je reconnus le vieux Ben Sulim du Ghetto.

Je lui rendis ses malédictions, au clair de lune, et lui dis de s'en aller. Il m'aurait remercié, mais je m'éloignai de lui et traversai les vignes où jadis se trouvaient ces cours de marbre pour les jeux romains et les causeries journalières ; un lièvre partit devant moi, dans une gerbe de blé ; un hibou aux larges ailes s'envola lentement comme une spirale de fumée portée par un vent faible : voilà tout ce qui aujourd'hui tenait la place du peuple de Rome.

Je m'en retournai à la maison, à travers la pâle
campagne embaumée par le thym en fleurs et chargée
de fièvres, et je rentrai dans Rome par l'église et le
palais de Latran. Quand j'atteignis ma boutique, il
faisait déjà jour. Je ne pensai plus à l'accident de la
nuit, si ce n'est une fois ou deux pour regretter d'a-
voir empêché les voleurs.

Le mois des vendanges touchait à sa fin et les premières pluies commençaient à tomber, quand un messager de la Fiumara vint me prier d'aller voir au
Ghetto un mourant qui me demandait. D'abord, je ne
voulais pas, puis je pensai à *elle* et j'y allai. Que le
ciel me pardonne cette dureté de cœur ! devant la
mort tous les hommes ont droit à notre aide.

J'allai, je me hâtai, car je ne savais pas ; mais, malgré ma diligence, j'arrivai trop tard : mon hésitation
d'un moment m'avait fait arriver trop tard ; le vieillard se débattait dans l'agonie quand je grimpai à sa
porte, et bien que ses yeux caves me regardassent avec
chagrin, il ne put parler, et peu de secondes après il
rendit le dernier soupir.

Il mourut dans la nudité et la misère, apparemment,
comme on le disait, de besoin plutôt que de maladie.

Un notaire attendait près de là ; et quand il vit le
vieillard couché dans la rigidité de la mort sur les
planches de son misérable grabat, il dit doucement,
— car ceux qui n'ont pas le respect de la mort ont
le respect des richesses : « C'était l'homme le plus
riche du Ghetto. »

Il disait vrai.

Nul ne savait ce que le vieux juif syrien avait à me
dire ; mais ses voisins se doutaient depuis longtemps
de sa grande fortune.

Il avait fini comme maint avare finit en ce monde : squelette affamé, il laissait derrière lui des masses d'or et pas de testament : la mort l'avait surpris, avant qu'il eût eu le temps de dire adieu à ses trésors.

Il s'éleva une grande clameur dans le Ghetto, et une grande agitation. Sa vie et sa mort avaient été celles d'un méchant et d'un cruel, et il était haï même des siens, qui l'avaient toujours considéré comme un usurier ; et à présent il semblait qu'il n'y eût aucune espèce de richesses qui n'eût été secrètement en sa possession : or, argent, papiers, valeurs, actions, et, quoique aucun de sa religion ne pût posséder maison ou terre à Rome, plusieurs de ces bails à longue échéance du Ghetto, dont un seul est une jolie fortune.

Cette fortune reviendrait-elle à l'État ou à l'Église ?

Cette question mit tout le quartier en émoi quand le lendemain, après que le corps maigre et décharné eut été enterré dans le cimetière juif de l'Aventin, les hommes de loi passèrent de longues heures à mettre au jour les preuves des richesses de Ben Sulim ; quoique le soleil fût près de se coucher, ils étaient loin d'avoir fini leur travail ; ils fouillèrent et apposèrent les scellés du matin au soir.

Je ne dis rien à personne, mais je m'en retournai à la maison, je pris les papiers que Giojà m'avait confiés dans ces jours passés où elle vivait à l'ombre de mon Hermès, et les portai au Vatican, où demeurait mon puissant ami, devenu cardinal, mais resté bon et généreux. Dans ce temps on ne pouvait rien sans une voix du Vatican, mais avec cet appui on pouvait tout à Rome.

Le cardinal était bon et grand et n'avait jamais oublié que sans mon aide aux jours de sa jeunesse il

n'aurait sans doute jamais porté la tiare écarlate au-
dessus de ses sourcils classiques.

Il fut bienveillant, parut même prendre quelque
intérêt à l'affaire; il réussit à obtenir, en un mot,
que les principales richesses du mort appartiendraient
à Giojà sitôt qu'elle les réclamerait.

Si j'avais su seulement où la trouver!

Pourquoi toutes choses arrivent-elles trop tard?

Les Orientaux disent que les dieux sont assis là-
haut et rient de voir les malheurs et les chagrins et
les soucis des hommes. On dirait, en effet, que le
destin prend souvent plaisir à retarder nos pas quand
nous allons toucher au but.

Quand le cardinal me dit que si je pouvais la trouver en vie et la ramener à Rome, toute cette fortune
maudite, amassée, nul ne savait comment, à travers
une longue vie isolée d'horrible rapine et de haine
des hommes serait pour elle, quand il me dit cela, je
me sentis troublé, étourdi.

Je me souviens qu'en quittant Son Eminence, je descendis les gigantesques escaliers et passai devant les
suisses dans leurs vestes jaunes et leurs cuirasses
d'acier, et qu'en traversant par les longs corridors
dallés je chancelais comme un homme ivre.

Si c'était venu plus tôt! un peu plus tôt seulement!

Du Vatican, je descendis dans le noble square inondé
de soleil où, par un fort vent d'ouest, les fontaines
secouaient leur écume comme les vagues de la mer
roulées par la tempête; et l'ombre noire du puissant obélisque voyageait lentement au travers de la
place, comme l'ombre d'un bras du Temps.

A l'intérieur des voûtes de la chapelle Sixtine, il y
avait les multitudes venues au Jugement dernier, les

cieux ouverts, les tombeaux béants et toute cette saisissante grandeur qui est voilée par le crépuscule tandis que les voix chantent le *Miserere* : — si jamais le jour préfiguré se lève, personne ne sortira-t-il de la tombe pour demander pourquoi le salut vint trop tard?

XV

J'allai trouver Pippo et lui dis :

« Vous êtes un vieil ami, un vrai ami : voulez-vous me prêter une petite somme ? » Et je l'assurai que pour ce qu'il me fallait il y avait encore assez de choses dans la chambre pour lui garantir le rembour-sement de son emprunt, si c'était ce qui l'inquiétait.

Mais Pippo se gratta la tête d'un air lugubre.

« Non, mon cher, ne me demandez pas cela, dit-il. L'amitié est une plante robuste ; mais quand elle tou-che aux cordons de la bourse, je ne sais comment elle se recoquille soudain. Je serais désolé d'avoir à vous aimer moins. Ainsi, ne touchons pas aux questions d'argent. »

C'était sans doute sage de sa part, et il se mit à me démontrer que c'était par pure affection pour moi qu'il me parlait ainsi, après m'avoir fait la cuisine pendant plus de vingt ans et m'avoir fait payer à sa guise.

Ersilia, qui avait écouté, tout en lavant son linge sur la margelle du puits, dans la cour, alla accrocher sa lessive pour la faire sécher, puis me suivit quand je sortis.

« J'ai de l'argent, prenez-le, dit-elle, si c'est pour
la retrouver ou lui rendre quelque service. Et quand
vous la verrez, dites-lui que j'ai promis à Notre-Dame
six cierges aussi hauts que moi, si elle nous la ramène.
Mais sûrement la jeune fille ne s'est jamais souciée
de ces choses-là : elle n'y croyait pas. C'est égal, pre-
nez l'argent. Je ne suis pas comme Pippo. Vous me
rendrez cela si vous pouvez, sinon, non. Je l'ai maudite bien des fois, mais j'irais volontiers nu-pieds pour
la ramener. »

Je vis les larmes chaudes qui roulaient de ses fa-
rouches yeux noirs, sur ses joues ridées. C'était une
âme sombre et emportée, mais le cœur était vrai.

Pourtant je ne voulais pas prendre l'argent d'une
femme et je remontai ; j'allai ouvrir ma chambre, où je
n'étais pas entré depuis le jour où j'avais vendu mon
Hermès, marché qui fut pour moi à peu près comme
le sacrifice d'Abraham au temps jadis.

Et je pris les autres objets qui me restaient : le bra-
celet étrusque, la lampe de bronze des Catacombes, la
belle tête colossale noircie au feu et couronnée de
fleurs, et j'allai vendre tout cela à des hommes qui ont
le cœur de faire argent de ces choses sacrées; moi, je
n'avais jamais pu, et je mis l'or qu'il me donnèrent
dans une bourse de cuir et partis pour la cité dorée
qu'Hilarion aimait par-dessus toutes.

Là en effet, je savais que je pouvais facilement, par
Maxime ou par quelqu'un d'autre, apprendre où il
était allé et avec qui. La ramener !... hélas ! le chemin
qu'elle avait pris est de ceux dont on ne revient pas.

Pourtant je me mis à sa recherche, maintenant que
j'avais ces nouvelles de son héritage.

Je pris l'argent et fis mon petit paquet comme aux

jours de ma vie nomade, de façon à pouvoir le sangler solidement sur dos. J'invitai Palès à me suivre, et je quittai Rome une fois de plus. C'était la saison légèrement éclairée de l'automne à ses débuts, alors que l'air est redevenu doux et élastique après les chaleurs accablantes de l'été, alors que le vent est partout imprégné des senteurs du vin nouveau et que les oranges commencent à tomber à vos pieds quand vous marchez, et les arbousiers à faire rougir leurs baies, et le maïs à brunir ses longues barbes, aussi hautes que les érables.

Peu importe comment je voyageai, allant toujours en avant, malgré la fatigue, à travers la blanche poussière, le long de la route sur le bord de la mer, avec les vagues bleues à mes pieds et les verts palmiers au-dessus de ma tête.

Je fis tout le chemin à pied : bien modeste était le prêt d'Ersilia, et je ne pouvais pas savoir pourquoi j'en aurais besoin. Je payai plus d'une fois mon logement de la nuit et mon souper de la veille en raccommodant un quartier de soulier déchiré; et Palès, fatiguée ou non, ne se plaignait jamais.

J'ai connu une fois un chien qu'on avait enlevé à ses maîtres à Paris et emmené à Milan : il se sauva de ses nouveaux maîtres et sut trouver son chemin à pied, à travers ces longues lieues sans fin dans les montagnes, jusqu'à Paris, et il alla tomber mourant sur le seuil de son ancien logis. Cela est vrai : ce n'est pas une histoire, mais un fait; le reconnaîtrez-vous, vous qui appelez les animaux des bêtes brutes?

Je ne fis que ce que le pauvre chien abandonné avait trouvé possible, malgré la faim, la soif, et les mille épreuves de cette course le long des cruelles routes inconnues.

Je côtoyai d'abord la mer, puis je traversai les
grandes plaines du centre de la France ; c'était toujours pendant la belle saison, à l'automne, interrom-
pue seulement de temps à autre par de beaux et impo-
sants orages qui balayaient la terre majestueusement
et faisaient sortir de leur lit les fleuves grossis et
gonflés.

L'air avait déjà les premières âpretés de l'hiver
quand j'entrai à Paris.

J'étais fatigué, esprit et corps, mais j'allai droit à
la maison d'Hilarion ; je ne l'avais pas vue depuis le
soir où Lilas y était morte. Cette maison, située dans
une rue écartée, avait été jadis un petit palais dans un
quartier aristocratique, mais passé de mode, qui avait
appartenu dans le bon vieux temps à la famille de sa
mère. Elle se dressait entre cour et jardin, assombrie
par quelques majestueux tilleuls et châtaigniers. Je
ne la retrouvai pas sans peine : c'était le soir. Je
sonnai à la grande porte cochère de fer, sans trop
savoir ce que j'allais faire une fois qu'elle serait ouverte.

Un vieux domestique apparut et me répondit à
travers les barreaux de la grille. Hilarion n'y était
pas. Il était parti au printemps. Sans doute il revien-
drait prochainement, pour l'hiver. On ne pourrait pas
dire où il était ; il n'y avait personne que les domestiques dans la maison. Ce fut tout ce qu'il me dit, ou
voulut me dire ; cette discrétion faisait probablement
partie de ses instructions. Je fis volte-face et m'en-
fonçai dans les rues plus animées, Palès s'atta-
chant à mes pas. Cette gaieté joyeuse et affairée, la
foule, le scintillement des innombrables réverbères,
rendaient ces rues si étranges, si fantastiques après

les rues de Rome éclairées par la lune, avec leurs
grands escaliers, leurs grandes cours désertes, leur
mélodieux murmure de fontaines, les blanches lueurs
de leurs marbres colossaux, de leurs dômes gigantesques.

La ville était en plein dans les liesses d'une belle
nuit de gelée, et des passants dont le nombre, après
une longue absence, me paraissait incroyable, tous
le cœur et le pied légers, fourmillaient dans les rues,
allant aux théâtres, aux cafés, et autres lieux de di-
vertissement, avec des lumières étincelant partout à
travers les arbres, à la montre des boutiques, sur le
devant des maisons ; tout était gai, coloré, orné, tout
invitait à s'amuser.

Je sentis la tête me tourner, moi qui étais resté si
longtemps assis près de la fontaine, du mur moussu,
où le carnaval et sa danse n'auraient pu m'atteindre,
et m'avaient laissé tranquille.

Je m'assis sur un banc, sous un platane, et cherchai
à rassembler mes pensées.

A présent que j'étais venu, que pouvais-je faire ?
étais-je plus près du but ? Mon entreprise me paraissait insensée.

Sous l'arbre se trouvait une de ces petites maisons
de métal peint qu'on nomme là-bas kiosques, et où
l'on vend des journaux et quelquefois des livres.
Dans ce joujou à forme de minaret, éclairé par le gaz,
où se tenait une jeune fille aux cheveux noirs, avec des
boucles d'oreilles voyantes, j'aperçus le nom d'Hilarion
en grandes lettres ; un nouveau poëme de lui venait
de paraître, et on le vendait là comme jadis ceux de
Martial « dans la boutique de Secundus, l'affranchi du
noble Lucens, derrière le temple de la Paix ».

Le volume était intitulé *Fauriel*.

Je demandai à la marchande s'il se vendait bien ; elle se moqua de mon ignorance ; qui étais-je donc pour ne pas savoir que tout Paris ne parlait de rien autre ?

J'achetai le volume, mince, au type élégant. Je m'assis sous les arbres et lus ; Palès à mes pieds.

C'était beau ; Hilarion avait le secret des parfaites mélodies, et le sens du coloris et de la forme.

Le roman n'était pas compliqué. Fauriel avait aimé et s'était lassé de son amour : thème insignifiant ; mais sa passion ressemblait à une fleur de grenadier fraîchement épanouie sous les baisers du Midi ; son dégoût, aux cendres d'un charnier.

Ce mélange enivrait cette génération avide de contrastes, comme le palais malade veut être brûlé par les mets épicés.

Assis sous les branches dépouillées de feuilles, je lisais à la lueur des lampes au-dessus de moi. Un orchestre jouait près de là quelques mesures d'une valse entraînante et rêveuse ; les vers semblaient répondre à la musique ; la foule passait ; les roues des voitures faisaient le bruit de la mer ; tout au bout de l'avenue se dressaient les piliers blancs de l'arc de Napoléon ; autour de moi les arbres nus et des milliers de lumières. — Je ne puis regarder une ligne du poëme à présent sans que ce tableau me revienne à l'esprit.

Je lisais : la passion brûlante, semblable à un vent du désert qui passe et dévore ; l'amour creux qui, même à ses premiers serments, n'est pas sincère ; la cruelle autopsie d'un désir éteint ; le dédain de la nature humaine ; l'analyse doucement voluptueuse et pourtant indifférente de la beauté de la femme et du

charme amoureux qui ne pouvait durer que ce que
dure l'éclat du ciel vers le soir ; — tout cela semblait
lacérer ma propre chair comme les coups d'un fouet.

Je croyais entendre son sort à *Elle ;* les lettres paraissaient imprimées dans du feu.

Je lisais comme un homme lit une condamnation à
mort, du commencement à la fin. Je n'apprenais rien
de nouveau, et pourtant ce livre tuait ma dernière
espérance. Il venait d'être composé, et l'auteur ne semblait rien connaître de l'amour que sa brutalité, sa
satiété ; comment eût-il pu donner, amant, plus qu'il
ne savait poëte ?

Cela me rendait furieux. Il me semblait la voir
morte, et lui, découvrant aux regards des hommes sa
beauté sans voile, comme Néron fit d'Agrippine. J'ar-
rachai la couverture brochée, les pages délicatement
imprimées se détachèrent et je les jetai au vent.

Les gens qui passaient m'auront pris pour un fou :
les gamins des rues couraient ramasser les pages qui
volaient par-dessus les gouttières. Puis je me levai
et je cherchai à me rappeler où j'étais, et je tâchai
de retrouver mon chemin vers une bicoque à bon
marché où j'avais vécu avec les comédiens vingt ans
auparavant

Cette petite hôtellerie avait fait place aux façades
nues, éblouissantes, plâtrées, auxquelles se plaisent
vos architectes modernes, et qui n'ont pas plus d'histoire, de lumière ou d'ombre, ou de style d'aucune
sorte que le visage fardé d'une vieille coquette.

Le petit restaurant qui autrefois avait abrité bien
des joies innocentes n'existait plus, mais j'en trouvai
un autre qui me convint, et je restai à Paris, allant
me planter chaque matin et chaque soir devant la

maison d'Hilarion, et recevant toujours même réponse, jusqu'à ce qu'enfin le concierge se fâcha et me menaça de me remettre entre les mains de la police.

Sans doute des gens plus avisés et plus riches eussent été tout d'abord requérir l'aide de la loi pour tâcher de la découvrir ou d'obtenir de ses nouvelles d'une façon ou d'une autre ; mais j'avais peur : nous autres Transtévérins, nous n'avons pas l'amour de la loi ni le culte de l'administration, et, à tort ou à raison, je crus faire mieux de ne m'en rapporter qu'à moi-même.

Un jour, traversant une grande place publique nouvellement bâtie et très belle dans sa splendeur dépourvue d'âme, l'apogée de l'art de votre moderne architecture, je vis entre les rangs de colonnes d'un musée le groupe de *Néron et Actée*, trônant à la place d'honneur.

De jeunes artistes en causaient.

« Parfait ! disait l'un ; ce Maryx est un grand homme.

— Ah ! en vérité, disait l'autre ; et quelle superbe vie que la sienne ! S'il y a quelqu'un que j'envie... »

Je m'éloignai rapidement, le cœur triste.

Voilà le faux jugement du monde ! il ne voit que la verdure dorée et luisante de la feuille de laurier, et ne sait rien de l'amertume empoisonnée qu'elle contient pour ceux qui y goûtent.

La gloire console, dit le vulgaire. Insensés que vous êtes ! Celui qui a la force d'atteindre à la gloire a aussi la force qui rend intense la douleur de chaque blessure.

En passant par les rues, avec Palès sur mes talons,

ne remarquant rien des choses à voir ou à entendre,
le son d'une flûte divinement jouée frappa mon oreille
endormie : je m'arrêtai.

On fait tant de musique à Paris que je ne puis dire
pourquoi celle-ci eut le pouvoir de retentir dans mon
cerveau ; — mais ce fut ainsi, et Palès dressa ses
oreilles de renard sablé, comme si elle avait reconnu
un visage familier dans la foule. J'allai vers la flûte,
devant un café, sous les arbres du boulevard.

Il était difficile de voir le joueur ; il y avait
nombre de gens qui l'entouraient, la plupart assis à
leur aise sur des chaises de fer peintes en vert, siro-
tant leur café et mangeant des gâteaux, car la nuit
était sereine et pas froide. Moi, j'écoutai, au bord
de la foule, et quoique toutes les flûtes n'aient qu'un
son, il me sembla que celle-ci chantait du ton doux et
triste que j'avais entendu à Daïla quand les pêches
étaient mûres ; j'avançai davantage, et je reconnus
Amphion, que je n'avais pas vu depuis la nuit où il
nous avait envoyés, Maryx et moi, au bord de la
mer.

Quand je retournai à Rome dans ce temps-là, je l'a-
vais complètement oublié, et lorsque je me souvins de
lui et m'informai de lui avec remords, je ne pus rien
savoir ; le pêcheur de Quattro Capi me répondit que
tant qu'Amphion avait été avec lui, il l'avait tenu
pour un garçon honnête, quoique inutile, mais qu'il
avait disparu de la ville.

J'étais certain à présent d'avoir Amphion devant
moi : c'était bien sa petite figure olivâtre avec ses
grands yeux noirs, ses mains nerveuses de jeune fille
faisant une si douce et si plaintive musique, que même
la foule parisienne en subissait le charme.

La musique achevée, il ôta le bonnet rouge qui re-
couvrait ses boucles brunes et le tendit aux assistants;
ils étaient nombreux, et beaucoup donnèrent volontiers.
Sa flûte était une simple flûte d'ébène, non plus celle
d'argent de Daïla. Il la démonta et la glissa dans sa
poitrine selon son ancienne habitude, puis il sortit
de la foule.

Je l'arrêtai. « Me reconnaissez-vous? lui dis-je. Où
allez-vous? Pourquoi vous débattez-vous ainsi? »

Car il essayait de m'échapper.

Il se tint tranquille, me voyant résolu; mais il
baissait les yeux et sa voix tremblait en balbutiant
quelques mots contradictoires sur sa demeure et ce
qu'il faisait; puis, me regardant soudain, ses larmes
jaillirent et il me tira précipitamment à part dans une
ruelle.

« Vous êtes vieux et pauvre, je puis vous le dire, je
ne serai pas jaloux de vous. Vous l'aimez, mais vous
ne pouvez la secourir. Venez à la maison avec moi et
je vous dirai tout.

— Elle est donc à Paris? dis-je avec un grand bat-
tement de cœur et un nuage devant les yeux.

— Oui, oui, dit-il avec impatience. Rentrez avec
moi. »

Je suivis ses jeunes pas rapides jusqu'à une maison
près de la rivière.

« Vous me ferez perdre de l'argent, » dit-il avec
inquiétude en se retournant vers les rues populeuses
et illuminées que nous venions de quitter.

Il avait bien changé, le bel adolescent de Daïla: la
pauvreté et les passions fiévreuses, l'air et les habitudes des villes avaient aminci et fané ses traits et
donné à ses joues une couleur fausse, et une ardeur

maladive à son regard. Il m'entraîna dans un passage où il y avait un banc sous un poirier et l'enseigne d'un cerf d'argent se balançant à la lumière artificielle.

« Asseyez-vous, dit-il impérieusement et néánmoins avec une certaine timidité. Vous me donnerez tort, sans doute; mais si c'était à refaire, je recommencerais. »

Je frémissais d'impatience.

« Qu'importe ce que vous avez fait, m'écriai-je sans pitié; que m'importe? Parlez-moi d'elle. L'a-t-il quittée? »

Amphion rit tout haut.

« Avez-vous lu *Fauriel?* répondit-il.

— Oui, mais pourquoi me demandez-vous cela? »

Le cœur me défaillit; je posai mes deux mains sur son bras.

« Pour l'amour de Dieu, dites-moi en quelques mots si elle est près d'ici? Vit-elle encore? L'a-t-il entièrement abandonnée? »

Amphion, rêveur, se taisait.

« Venez avec moi, » dit-il enfin en se tournant vers le quartier où la Seine grise glissait au clair de lune à travers le vieux Paris, le Paris de Philippe d'Orléans et de la reine Isabeau.

Quelque chose dans son regard et sa voix me glaçait le sang dans les veines et me clouait la langue au palais.

Je craignais de la revoir morte, ou peut-être même de ne retrouver qu'une croix de bois sans nom au-dessus des fosses où l'on enterre ceux qui n'ont ni parents ni amis.

Je ne lui adressai plus de questions. Palès se traînait fatiguée, derrière nous, la tête penchée en avant.

J'avais oublié que depuis dix heures je n'avais ni bu ni mangé.

Il m'emmena vers une maison bâtie sur l'eau devant les tours et les murs du vieux quartier; on voyait quelques arbres et les mâts des vaisseaux s'élevant plus haut que leurs branches. Il grimpa un escalier roide et sombre, et s'arrêta devant une porte fermée.

« Entrez, » dit-il, et il ouvrit la porte. Mon cœur cessa de battre. Je ne me représentais pas clairement ce que j'allais voir, mais une idée fixe m'avait pris : elle était couchée morte dans cette chambre.

Je posai le pied sur le seuil avec l'angoisse la plus horrible que j'aie connue dans ma vie.

La chambre était presque sombre; c'était une mansarde, mais propre et spacieuse, avec une croisée dont les vitres plombées laissaient voir les étoiles scintillantes et les toits de zinc qui reflétaient les rayons de la lune.

Je distinguai la forme d'une femme; je ne pouvais voir son visage. Elle appuyait son front contre la fenêtre et ne bougea pas quand la porte s'ouvrit. Palès courut en avant et gémit; je sus alors qui c'était; je m'approchai d'elle timidement, mais avec une certaine joie : elle vivait.

« Ma chère enfant, ne voulez-vous pas me parler? dis-je en essayant de lui prendre la main. Ne voulez-vous pas me regarder? Je suis toujours votre ami, quoique pauvre et si peu capable de vous aider. » — Puis je m'arrêtai, et une horreur plus grande encore que la crainte de la mort me saisit, car lorsqu'elle se tourna vers moi, son visage ne reflétait aucune lueur de raison; rien que la douleur patiente et muette d'un pauvre animal malade; dans ses grands yeux dilatés il n'y avait ni intelligence, ni sentiment, ni trace de vie pensante.

Ses yeux me regardaient, mais sans me voir.

« Restera-t-il longtemps? dit-elle d'une voix faible.

— Ne me reconnaissez-vous pas, ma chérie? ne me connais-tu pas? » criai-je dans une angoisse mortelle. Elle ne parut pas même entendre; elle soupira d'un air fatigué et se retourna vers la croisée pour y appuyer son front.

Je verrai toujours cette chambre vide, ce plancher de bois commun, et la haute fenêtre mansardée, avec les étoiles brillant au travers; je la verrai aussi long- temps que je vivrai. Quelquefois dans la nuit je me réveille en frissonnant, croyant m'y trouver, et devant moi brillent ces grands yeux désespérés, fixes, hagards.

« Oh! chère enfant! où donc est Dieu, qu'il per- mette de pareilles choses? » m'écriai-je dans ma dou- leur.

Mais elle n'entendit pas ou, au moins, ne fit pas attention; elle regardait à travers les carreaux étroits, comme si son amant allait lui revenir du ciel.

Amphion, debout sur le seuil, me fit signe de venir. « Elle est toujours comme cela, dit-il très bas. C'est grand dommage qu'il ne la puisse voir dans cet état; ce serait une bonne récompense pour ses beaux vers.

— Taisez-vous, pour l'amour du ciel! Pouvez-vous plaisanter!

— Moi, plaisanter! »

Je fus honteux de l'avoir blessé par ce mot, car je vis sur son visage ce qu'il éprouvait.

« Pardonne-moi, mon enfant, lui dis-je humblement, moi aussi je suis fou! moi aussi! Mais comment croire qu'elle soit morte à la raison, elle l'esprit le plus élevé, le plus lucide, le plus pur qui ait jamais aimé la lumière divine du beau et du vrai ! Oh ! elle me reconnaîtra tout à l'heure. Laisse-moi retourner lui parler. Elle ne m'a pas bien vu ; il fait sombre. »

Et de nouveau je la touchai et lui parlai, et de nouveau ses yeux s'arrêtèrent sur moi, ne paraissant pas même s'apercevoir que j'étais un être humain. « Restera-t-il longtemps ? murmura-t-elle.

— Elle ne dit pas autre chose, reprit Amphion. Vous ne faites que l'agiter davantage. Allons-nous-en à présent que vous l'avez vue. »

Il parlait avec l'autorité d'un vieillard, et sa figure juvénile avait un regard d'homme fait. Il m'entraîna à travers le corridor étroit dans une autre mansarde, plus petite et tout aussi nue.

« Vous voulez tout savoir ? dit-il avec un profond soupir en pressant son front dans ses mains. Vous serez fâché : vous direz que j'ai mal fait. Mais j'aurais voulu que personne ne le sût. J'étais son seul ami, et quoiqu'elle ne me reconnût jamais, c'était une sorte de satisfaction. Eh bien, voilà comment cela s'est passé. »

Sa respiration était haletante ; il s'arrêta un moment, puis reprit.

« Vous étiez resté à Rome ; le sculpteur y resta aussi. J'avais de l'argent, — l'argent d'Hilarion ; vous vous souvenez ? Je vins ici. J'étais certain qu'il ne tarderait pas à apparaître ; il n'est jamais longtemps loin de Paris, car il dit que si à Rome on apprend à mourir, il n'y a qu'à Paris qu'on sache vivre. Ainsi je demeurai ici et lui gardai sa maison.

« Je sais espionner ; dans mon pays j'étais l'ami des serpents. Les fenêtres de la maison qu'Hilarion

habitait à Paris étaient toujours fermées; on aurait
dit un visage d'aveugle. Un jour, il y a de cela un an,
elles s'ouvrirent. J'habitais une petite chambre près
de là; si haut et si près que je voyais dans le jardin
d'Hilarion; j'appris leur langue sans en rien laisser
voir, afin d'apprendre davantage. Hilàrion avait re-
pris son ancienne manière de vivre : tout pour le plaisir, — du moins ce qu'il entend par plaisir, — et *elle*
restait enfermée avec ses marbres, dans son appartement. Que savait-elle? Rien. Elle était en cage comme
un oiseau; une ou deux fois il l'amena avec lui à
l'Opéra; elle était aussi blanche que les statues qu'elle
adore; elle portait des bijoux de vieil or grec. Je les
reconnus; j'avais vu Hilarion les acheter à Athènes.
Je crois qu'elle souffrait de se voir regardée par tout
ce monde; quant à lui, il souriait. Cela se passait l'hiver dernier. Ayez patience : laissez-moi raconter à ma
façon.

« Puis arriva la méchante sorcière de Rome; celle
que vous appelez une duchesse; elle l'envoya chercher;
il alla auprès d'elle et y retourna souvent : Giojà se
trouva plus seule que jamais. Sa fenêtre s'ouvrait sur
les jardins, et je pouvais la voir. Quelquefois elle se
promenait sous les arbres; le feuillage est touffu; il y
fait humide; mais elle restait assise heure après heure,
tandis qu'il courait aux divertissements ou se promenait avec la Romaine

« Je ne crois pas qu'il fût cruel; non, je ne le crois
pas; il l'abandonnait seulement; on dit que ce n'est
pas de la cruauté, cela.

« Quand vint le printemps et que les lilàs furent
en fleurs, elle se tenait tout le jour au jardin; je
voyais sans cesse son ombre sur l'herbe, et presque

jamais l'ombre d'Hilarion. Quelquefois je le suivais
et je voyais comment il passait ses nuits. La femme
romaine s'en alla; il la suivit. J'appris par ses gens
qu'il n'avait pas laissé d'adresse.

« Elle se promenait en long et en large au clair de
lune, sous les arbres, si bien qu'on était malade de
l'y voir. Toute la journée elle restait assise à écouter,
attendant, je suppose, le son des pas ou quelque message de lui. Des hommes qui se disaient les amis d'Hilarion tentèrent de la voir, elle ne reçut personne.
Les domestiques disaient : « Quelle sottise ! » mais
je crois qu'ils avaient pitié d'elle, et je sais qu'ils l'aimaient. Je jouais de la flûte pour vivre, et surveil-
lais la maison quand je ne jouais pas. L'été était
chaud ; ici la chaleur est si lourde ! ces toits de zinc
vous brûlent les yeux ; ce n'est pas comme l'été sur
nos rivages, où nous restons couchés à l'air toute la
nuit, au son frais des vagues de la mer.

« L'été fut horrible : le jour, rien que nuages et
poussière ; la nuit, l'éclat du gaz et le bruit des rues,
un mugissement de bête sauvage irritée. Elle ne
quittait pas son jardin ; elle ne restait jamais tranquille ; elle errait par les allées, toujours agitée,
mais sans rien faire, elle qui à Rome employait
chaque seconde de la journée.

« J'entendais les gens de la maison dire : « Elle
croit qu'il reviendra. » Et les plus vieux soupiraient
et paraissaient la plaindre.

« Un jour qu'elle se promenait au jardin, je
vis un messager lui apporter une grande cassette.
Elle ne dit pas un mot, mais la jeta par terre, et
le couvercle s'ouvrit, laissant échapper des perles et
d'autres bijoux ; elle piétina dessus avec colère ; je

ne l'avais jamais vue ainsi. L'homme qui les avait apportés parut effrayé et, les ramassant à la hâte, il s'éloigna.

« Ainsi se passa l'été; et de mon galetas je pouvais souvent la voir errer sous ces arbres le soir, au clair de lune. Les lilas se fanèrent. Tout d'un coup je cessai de la voir. Les jours s'écoulaient; je m'informai à la porte, et le gardien se mit à rire de nouveau. Elle est partie, dit-il; une belle fille; *il* lui a écrit, mais *elle* n'a pas compris; elle s'en est allée Dieu sait où; voyez-vous, elle ne comprenait pas, comme si ce n'était pas toujours ainsi ! »

Le jeune Grec soupira péniblement, puis reprit le fil de son récit à sa manière simple et naïve.

« Naturellement, je la cherchai partout; mais Paris est grand. Le portier semblait ennuyé d'avoir à encourir la disgrâce d'Hilarion; mais il disait : « Nous n'avons pas d'ordres; nous ne pouvons rien faire; quand il reviendra... »

« Ainsi personne ne bougea ni ne s'inquiéta. Pour moi, je la croyais morte. Mais je continuai néanmoins mes recherches. Elles ne furent pas vaines.

« J'appris d'un sculpteur qui demeurait tout près qu'une jeune Italienne était venue demander à acheter de la terre glaise. Je fus bientôt sur sa trace. Une femme compatissante l'avait recueillie, elle avait payé son gîte et son pain avec le prix de quelques statuettes qu'elle avait modelées et en raccommodant quelques filets de pêcheurs.

« Je dis un mensonge à la bonne femme, prétendant avoir perdu ma sœur, et je demandai à la voir. Après quelques difficultés, je finis par obtenir ce que je voulais.

« Je vis une chambre à peine meublée ; un tas de filets à terre, et une statue en terre glaise qui avait la forme et les traits d'Hilarion, et des ailes comme un dieu. Giojà était vêtue de la robe blanche de toile grossière qu'elle portait à Rome ; ses bras étaient nus ; elle pétrissait la terre de ses mains et ne m'entendit pas venir.

« C'était Hilarion, son vrai portrait, mais ennobli, tel sans doute qu'*elle* le voyait.

« La femme alla vers Giojà et, la touchant, lui dit : « Venez, il fait nuit, vous devez avoir faim. » Elle se tourna et nous regarda. « Silence ! ce sera bientôt fini ; et alors il reviendra. » Puis elle se retourna vers la statue et continua son travail, et ses mains semblaient si fiévreuses qu'elles devaient brûler la terre en la touchant. « Est-ce votre sœur ? » demanda la femme ; je mentis encore et dis oui. Puis nous continuâmes à l'observer ensemble. « Quand elle faisait « les filets, elle paraissait avoir gardé quelque lueur « de raison, dit la femme ; mais depuis qu'elle à « touché à cette terre, elle est folle. Est-ce en vérité « votre sœur ? elle doit avoir eu quelque grand cha- « grin ? » Mais je ne pouvais parler ; je suffoquais. Je ne savais plus ce que je faisais ; j'étais hors de moi. Dieu me pardonne !

« J'avais mon couteau dans ma veste, et j'étais si furieux contre Hilarion que tout à coup je bondis vers la statue et plongeai mon couteau dans son sein ; la terre glaise humide céda, se divisa, et en un clin d'œil ce 'n'était plus qu'un monceau informe. — Dieu me pardonne !

« Giojà tomba à la vue de sa statue détruite, comme si mon couteau l'avait atteinte elle-même ; elle tomba avec un grand cri, son front frappa les briques et le sang lui sortit de la bouche. »

La voix d'Amphion se brisa dans un sanglot.

Je ne voulais rien savoir de plus. Je voyais tous ces mois, ces années de souffrances, comme dans un miroir on voit ses propres yeux vous regarder.

« Continue, dis-je au garçon, et après un court repos il reprit son histoire.

« Elle fut comme morte pendant plusieurs jours, dit-il. Nous appelâmes des médecins. On donna quelque nom savant à son état ; un feu dans l'épine dorsale et le cerveau, disaient-ils. Elle quitta enfin son lit, car elle est forte, mais sa raison n'était pas revenue. « Restera-t-il longtemps ! » demande-t-elle sans cesse ; c'est tout. Vous l'avez entendue ?

— Oui, je l'ai entendue. »

Je parlai tranquillement ; mais il me semblait que les lampes qui brillaient à travers le brouillard étaient des lumières de l'enfer, et j'entendais rire ses démons.

« Comment a-t-elle vécu tout ce temps ? »

Ce que le jeune Grec m'avait raconté se passait en septembre, et nous étions au milieu de l'hiver, dans les premiers jours de février, et tout ce temps la fortune mal acquise, les trésors empilés dans Fiumara l'attendaient, tandis qu'elle était couchée entre la vie et la mort, dans une mansarde, au centre d'une ville étrangère !

Amphion baissa la tête, tout honteux.

« J'aurais dû vous le faire savoir ; oui, j'y ai pensé, mais je n'ai pas pu m'y résoudre. C'était horrible ; et pourtant j'avais une sorte de satisfaction à être seul entre *elle* et l'hôpital. Car sans moi elle y eût été ! Je n'avais presque plus d'argent, mais il me restait ma flûte, et je pouvais gagner suffisamment en jouant ici et là. *Elle* n'a manqué de rien, — de rien que nous aurions pu lui donner. Elle est aussi bien ici que dans un palais ; elle ne sait pas où elle est. Elle ne paraît pas se souvenir de la statue. On l'a enlevée en une pelletée ; ce n'était plus qu'un tas de terre grise. Vous êtes fâché ; vous pensez que j'ai eu tort ; oui, mais dans ce moment-là je croyais presque voir vivre l'image de glaise, et je m'imaginais pouvoir délivrer Giojà de ce mauvais charme. »

Le jeune garçon eut un rire amer ; les larmes lui coulaient le long des joues.

« Je suppose qu'*il* n'a pas demandé où elle était ; sans cela il l'aurait retrouvée. — Il est si facile de tout savoir dans cette ville-ci. Je crois qu'ils n'ont jamais essayé de savoir. *Elle* n'a pas quitté cette chambre depuis le jour fatal ; elle a tout ce qu'il lui faut ; oh oui ! en vérité ! Elle ne sait pas si c'est un galetas ou un palais ; seulement, parfois, je crois qu'elle souffre d'être privée d'air.

« Vous direz que j'aurais dû vous envoyer un message. Oui, j'y ai pensé ; mais, voyez-vous, je ne sais pas écrire, et puis j'étais content d'être seul près d'elle, son seul soutien. Elle n'en sait rien ; elle me voit souvent, mais ne me reconnaît jamais. Ses yeux ont toujours ce regard égaré.

« Oh ! ne soyez pas fâché. Peut-être ai-je eu tort. Mais si je vous l'avais fait savoir, vous seriez venu, et avec vous le sculpteur, il est riche ; et elle n'aurait plus eu besoin de moi.

J'espère encore qu'un jour le nuage qui l'enveloppe se déchirera, et alors peut-être oserai-je lui dire : « J'ai pu vous être un peu utile ; regardez-moi avec amitié

une seule fois. » Voyez-vous, si je vous avez prévenu,
tout était fini pour moi. »

Le simple récit d'Amphion étaitpour moi aussi plein
de terreur et d'angoisse que la plus émouvante tra-
gédie. Oh ! pourquoi avais-je brisé mon poignard !

On dit que les hommes se repentent du mal ; il est
mille fois plus amer de se repentir d'avoir résisté au
mal. Avec angoisse et passion, je regrettais d'avoir
retenu ma main à Venise.

Amphion n'était pour moi qu'un étranger ; je n'avais
pas de pitié, pas de pensée pour lui.

La nuit était avancée. J'étais assis, muet, dans la
mansarde, au bord de son lit ; le son confus de la vie
parisienne montait comme le bruit éloigné de la mer,
quand on est à quelques milles du rivage.

« L'emmènerez-vous ? dit-il d'une voix suppliante.

— Laissez-moi réfléchir, » répondis-je ; et les toits et
les étoiles semblaient tourner, et toutes les pulsations
de ce monde bestial battaient en moi.

Car le monde est un monstre qui dévore à jamais,
sans jamais être rassasié.

« Oui, sans doute je l'emmènerai ; je l'emmènerai à
Rome. » Rome est la puissante mère des nations ; à
Rome elle retrouverait la paix.

J'avais ouï dire en d'autres temps que parfois, quand
le cerveau est ébranlé et la raison voilée par une
grande secousse, rien n'est aussi capable de guérir que
la vue d'un endroit familier, auquel se rattache la
mémoire du bonheur perdu.

Je n'osai pas demander l'avis du médecin ; la même
ardeur fébrile qu'Amphion avait mise à garder pour
lui seul le chagrin et la misère de Giojà, me consumait
à mon tour.

Si seulement je pouvais la ramener ! disais-je.

Et avec ce souvenir de bagatelles qui me reviennent parfois au milieu d'un grand chagrin, je pensai que c'était dommage qu'Hermès fût vendu et qu'il n'y eût plus de fleurs de haricots rouges et or grimpant aux croisées !

« Oui, je l'emmènerai, » dis-je.

Le pauvre garçon ne répliqua rien ; sa tête se pencha sur sa poitrine. Il avait fait son possible, et pendant six mois il était sorti par tous les temps pour gagner, en jouant, de quoi abriter et nourrir Giojà, ne songeant qu'à elle et se refusant tout à lui-même.

Je traversai en frissonnant le corridor et j'ouvris la porte de Giojà. La garde qu'Amphion avait fait venir était là, cousant du linge ; Giojà était assise aussi : ses coudes appuyés sur la table, elle jouait en rêvant avec quelques pétales blancs tombés d'un rosier en pot. Elle ne fit pas attention à moi. Quand je la touchai, elle releva ses yeux alourdis, dans lesquels une lumière pareille à celle d'une flamme semblait brûler péniblement.

« Restera-t-il longtemps ? » dit-elle en jetant fiévreusement de côté et d'autre les feuilles de rose.

La vieille femme secoua la tête.

« Voilà la seule chose qu'elle dise, murmura-t-elle en tirant l'aiguille. Elle murmure cette question en dormant et s'éveille pour la répéter tout haut. Où est-il, ce doit être un monstre.

— C'est un poëte ! » dis-je, et je sortis de la chambre dans les rues éclairées et le bruit de la ville.

XVI

Le lendemain, je changeai quelque papiers pour
avoir l'argent nécessaire au voyage, et je partis avec
elle. Elle ne résista pas ; elle ne semblait s'apercevoir en aucune façon du changement, et se montrait
docile comme un doux animal étourdi par les coups.
Sa santé physique ne paraissait pas affaiblie, quoiqu'elle fût très agitée et que son pouls s'arrêtât parfois d'une étrange façon.

De ma mince réserve d'argent, je payai largement
la brave femme, car elle avait été fidèle et dévouée.
Je dépensai le reste en retournant à Rome. Amphion
vint avec moi. J'étais dur et cruel pour lui à cette
époque, mais je ne pus lui refuser cela.

Durant le voyage, elle resta la même : le bruit, le
mouvement, semblèrent la tourmenter vaguement ;
mais rien de plus. Elle ne parla pas, sauf pour
demander de temps à autre en regardant quelque
coin de ciel ou d'eau ou de plaine : « Restera-t-il
longtemps ? » Elle n'avait pas la moindre connaissance
d'Amphion ou de moi. C'était la folie d'une seule idée
suprême, absorbante et absorbée ; mais l'amour est-ce
autre chose ?

Même les magnifiques et sereines splendeurs des montagnes, dont j'avais espéré quelque chose, ne parvinrent pas à la tirer de sa torpeur. Je crois qu'elle ne les distinguait pas des nuages. Sans doute, dans la lumière du jour comme dans l'obscurité, elle ne voyait rien qu'un seul visage.

Ce voyage me parut interminable; c'était pour moi un rêve horrible, un cauchemar qui faisait peser sur mon cœur une horreur atroce; toutes les splendeurs du printemps, des neiges vierges, des clairs glaciers bleus, des avalanches sur les côtes des montagnes, et au-dessous, dans les vallées profondes, l'aspect délicieux de la verdure fraîche et du manteau pourpre et azur des rochers où fleurissaient les gentianes, tout cela, dis-je, ne servait qu'à augmenter l'angoisse de ce retour dans mon pays.

La route de notre Rome est si belle à travers le pays étrusque d'Arezzo; le sol de l'Ombrie est si frais et si riche; des chênes touffus couvrent les collines; des allées de chênes, de bouleaux et des massifs d'arbres de forêt abritent les bestiaux et rompent la monotonie des lignes d'oliviers et de vignes; au fond sont les montagnes, se dressant sombres devant la lumière, entourées de vapeurs flottantes qui les voilent et cachent à demi quelque forteresse ruinée ou quelque bâtiment mi-palais, mi-prison, qui s'élève sur leurs flancs; et à chaque pas, sur une éminence, quelque vieille cité grise, puissante dans le passé, et de renommée immortelle : Cortona et sa citadelle; Assisi, grise et sacrée, sur le faîte d'une colline; Spoleto, belle dans son antiquité comme un rêve, avec des bois calmes et profonds à l'entour, et derrière elle les hauteurs empourprées, balayées par les nuages, qui

portent son nom; Perugia Augusta, avec ses dômes,
et ses tours, ses coupoles et ses châteaux sans fin,
comme une forêt de pierres; Foligno, grande et élé-
gante, tranquille et désolée comme toutes ces villes
dont les forces sont dépensées, les forteresses inutiles
et le génie éteint. Une à une elles se succèdent dans le
long panorama des Apennins; les bois et l'eau, les
blés et les vergers autour d'elles, et au-dessous
d'elles tout en paix et fructifiant, et au milieu d'elles,
Trasimène désolée, sans bruit, sans souffle; ses oiseaux d'argent au repos sur ses eaux argentées, et çà
et là quelque voile solitaire reflétant la lumière et brillant comme un bouclier de métal parmi les roseaux
du lac.

Puis, après Trasimène, viennent les gorges sauvages
des montagnes sabines; des escarpements de rochers
qui reluisent au soleil des couleurs de tous les
marbres que la terre produit; de profonds ravins
dans lesquels court à son aise le jeune Tibre; et au-
dessus le vaste ciel bleu, et plus tard, à la fin du jour,
l'or bruni d'un coucher de soleil orageux, dominant
les vapeurs perlées qui enguirlandent les collines les
plus basses; puis les larges plaines vertes, humides et
couvertes d'ombres au crépuscule, les villages blancs
suspendus à la crête des montagnes comme des nids
d'aigle; puis un arrêt dans les champs verts où
jadis les vestales enterrées vives étaient descendues
dans les entrailles de la terre, avec un pain et une
cruche d'eau, pour attendre la nuit sans fin de l'éternité; puis quelque voix calme dit « Roma! » comme si
la ville mère des nations n'était qu'un hameau détourné, un lieu d'arrêt pour y abreuver les mules. Ah!
il n'y a pas de grande route pareille à celle-ci; il

n'en est aucune au monde aussi peuplée de souvenirs.

Mais pour moi, je ne regardais pas alors à la beauté des villes ou des citadelles, des monastères abrités derrière les neiges et les forêts, des lacs silencieux dormant dans le plus calme repli des collines. Je tendais l'oreille avec l'avidité d'un animal poursuivi, pour entendre le nom de Rome.

Enfin je l'entendis quand la nuit fut tombée.

Les grandes cloches sonnaient lentement; quelque cardinal venait de mourir.

Doucement, sans hâte, je conduisis Giojà par la main à travers les chemins connus, voilés par l'obscurité sous les cieux froids et sans étoiles.

Mon cœur avait presque cessé de battre. C'était ma dernière espérance. Si *elle* ne s'éveillait pas à présent, elle dormirait à jamais des rêves de la folie... personne ne l'en arracherait. Elle avait aimé le sol et les pierres de Rome avec une filiale dévotion; Rome seule pourrait peut-être la sauver.

En passant par le Forum et devant la basilique de Constantin, je sentis ses doigts remuer sous l'étreinte de ma main, comme si un frisson l'agitait. Mais son visage n'avait pas changé; il était calme comme les pierres, et ses yeux brûlants avaient un regard vague.

Je pris le chemin du Capitole et passai devant l'Ara Cœli et les figurés colossales des Dioscures. Une fois elle s'arrêta et une sorte de frisson la saisit; j'espérai un instant qu'une lueur de mémoire lui revenait; si légère qu'elle fût, c'eût été un pas vers le retour au monde des vivants.

Mais rien ne vint. Ses yeux ne changèrent pas; elle me suivit passivement comme elle l'eût fait avec un étranger qui l'aurait menée par la main. Nous pas-

sâmes devant les larges escaliers et les divins frères
qui autrefois n'avaient pas été moins sacrés pour elle
que Rome elle-même.

Nous descendîmes les rues grises qui passent sous
la roche Tarpéienne, où les lichens et les plantes sauvages croissent sur les tas de briques qui jadis furent
des temples, et où les pauvres s'entassent dans des
taudis obscurs, autrefois les passages voûtés des palais
ou les cours des théâtres.

Çà et là une lanterne se balançait sur une corde ou
le reflet d'une forge de maréchal ferrant rougissait
les pierres.

Elle marchait à mes côtés, comme une aveugle,
sans regarder à droite ni à gauche. Puis, sortant de
l'obscurité, de la saleté et des ruines, nous arrivâmes par un chemin détourné au bord du fleuve,
près de Quattro Capi.

L'eau était haute; sa couleur bronzée se confondait
avec le brun du sol; quelques bateaux se balançaient,
attachés par des cordes au pilier du pont. Les contours
de l'île étaient indistincts et le rivage opposé à peine
visible, mais au même moment la lune se leva et des
lignes d'argent se jouèrent sur le courant impétueux,
éclairant le péristyle du petit temple couvert de
mousse à nos côtés et les cascades de la fontaine de
Médicis.

Giojà s'avança sur le bord du Tibre et regarda les
flots qui passaient, les rives ombreuses, les dômes, les
toits, les temples qui étaient rassemblés sur les rives
comme une cité de fantômes.

Elle regarda longuement en silence.

Puis soudain l'aveuglement tomba de ses yeux; elle
vit et sut.

Elle étendit les bras et avec une agitation frémis-
sante, un geste d'ineffable bienvenue :

« C'est Rome ! » s'écria-t-elle avec un grand soupir,
tandis que son âme semblait s'élancer.

XVII

Nous étions tout seuls au bord de la rivière; sans doute il devait y avoir du monde non loin de nous, mais on ne voyait personne; les bateaux se balançaient sur les petites vagues; les épais massifs d'arbres paraissaient noirs; des zigzags de lumière argentée clapotaient sous les arches; des sons de chants éloignés nous arrivaient du couvent des Franciscains : la pleine lune planait au-dessus des pins de Panfili. Giojà restait agenouillée, sa tête penchée entre ses deux mains; de grands sanglots secouaient son corps.

Tout était silencieux ; il aurait pu n'y avoir dans la cité que le monde fantastique des multitudes du passé : le silence était si profond. A la fin je m'effrayai de voir Giojà immobile sur les pierres. Je la relevai; elle se redressa lentement.

« Ai-je été folle? » me demanda-t-elle.

J'eus peine à ne pas pleurer.

« Non, ma chérie, pas cela, dis-je; non, jamais; vous avez été malade. Mais à présent.... »

Elle frissonna de la tête aux pieds. La raison lui revenant, elle se souvenait sans doute de toutes les choses passées. Elle demeura silencieuse, regardant la

rivière étrusque, qu'elle avait tant aimée, couler vers
la mer. Les yeux avaient perdu leur regard tendu de
douleur inconsciente, et la flamme brûlante n'y brillait
plus ; ils étaient voilés et humides, pleins d'une tristesse indicible

« Quel mois sommes-nous? » demanda-t-elle. Je le
lui dis.

« C'était l'été quand il m'écrivit, » dit-elle, et
puis elle retomba dans le silence et contempla la
rivière.

Je commençai à craindre de m'être réjoui trop tôt
et je crus un moment que les nuages allaient s'as-
sembler de nouveau autour d'elle et qu'elle se perdrait
dans cette étrange, horrible nuit du cerveau que nous
nommons folie, faute de savoir ce que c'est.

Mais en observant ses traits, tandis que les rayons
de la lune l'éclairaient, je les vis graduellement reprendre l'expression de résignation et de muette résolution qui leur était familière, et que j'avais remarquée
à ce premier jour de chagrin quand, rêvant la Rome
de Virgile, Giojà avait trouvé le Ghetto.

Elle se tourna vers moi, et bien que sa voix fût faible,
elle était ferme.

« Ne me faites pas de questions ; je ne puis pas
parler, dit-elle. Mais vous êtes bon. Cachez-moi dans
quelque coin de Rome et trouvez-moi de l'ouvrage. Je
dois vivre ; je dois vivre, puisqu'*il* vit. »

Elle prononça les derniers mots si bas que je les
entendis à peine ; elle se parlait à elle-même. Je pris
sa main.

« Demeurez cette nuit dans votre ancien logis, demain nous verrons. »

Elle me suivit docilement, sans plus parler. Il n'y

avait personne à l'entrée ni sur l'escalier; j'avais envoyé d'avance Amphion donner mes ordres à Ersilia;
tout était tranquille et désert; ma lampe brûlait devant la Madone dans le mur.

De grands frissons la secouaient, mais elle ne résista pas. Elle me suivit dans ma chambre, où il n'y
avait plus d'Hermès pour la saluer.

On avait nettoyé la chambre; elle était spacieuse et
me parut avoir un aspect désolé. Giojà ne parut pas
s'apercevoir du changement; elle regardait par la
large fenêtre ouverte au travers de laquelle on voyait
la rivière et le ciel.

Je l'entraînai vers l'âtre, où brûlaient de grandes
bûches. Soudain elle s'arrêta, regarda, puis avec un
cri elle se précipita sur les briques chaudes devant le
foyer et les embrassa passionnément.

« O pierres, qui avez porté ses pieds et senti
tomber les feuilles de roses et qui l'avez entendu me
dire qu'il m'aimait! ô pierres chéries, parlez et
dites-moi que c'est vrai. »

Puis elle s'accroupit, pleura, frissonna, appuyant ses
douces lèvres et sa poitrine haletante contre ces dalles
insensibles, parce qu'un jour elles avaient porté les
pieds d'Hilarion et avaient entendu sa voix.

Aurait-il souri de pitié s'il avait été là? Peut-être.

Je me retirai et la laissai seule.

Elle n'avait de pensée ni pour moi ni pour personne,
excepté pour celui qui l'avait abandonnée.

Je la laissai faire; elle était tombée en avant, les
bras étendus, sa tête s'appuyant sur les pierres. Des
frissons la secouaient dans les intervalles de ses sanglots et de ses larmes. La chaleur du feu de bois la
ranimait et jetait des reflets d'or sur les nœuds épais

de ses cheveux. Je fermai la porte et m'assis sur l'escalier, attendant dans l'obscurité. On eût pu essayer de consoler d'autres femmes en leur parlant de la paix que donnent les richesses; mais quant à elle, je ne l'osai pas.

J'étais assis dans l'obscurité, et ne m'aperçus pas des heures qui passaient; la lampe brûlait dans le mur de l'escalier tournant et j'entendais le murmure des voix éloignées sur le pont et le son de l'eau courant le long des arches, et de temps en temps le bruit des rames. J'avais fait de mon mieux, mais mes actions me pesaient comme si j'avais commis un crime.

Peut-être me reprocherait-elle de l'avoir ramenée à la raison, comme le suicidé arraché à la mort maudit son sauveur. Elle s'était réveillée pour souffrir. Je la faisais souffrir mille fois davantage en levant le nuage qui couvrait son cerveau. Et pourtant j'avais agi pour le mieux : ainsi avais-je fait, hélas ! quand j'étais allé à la colline Dorée raconter à Maryx l'histoire de mon rêve.

Tandis que je songeais à lui, tristement, dans la nuit, n'osant pas entrer dans la chambre silencieuse où elle dormait peut-être, à la chaleur du foyer, un pas qui m'était familier retentit sur l'escalier; une ombre se plaça entre moi et la lampe se balançant en bas ; la voix de Maryx arriva à mon oreille à travers le silence et la nuit.

« Êtes-vous là ? me dit-il, êtes-vous là ?

— Oui, j'y suis. Chut! parlez bas! » répondis-je ; et je me levai effrayé : car, sot que j'étais, je n'avais pas eu la moindre idée qu'il pût être de retour à Rome, quoique des mois se fussent écoulés depuis que je m'étais mis en route à pied pour la France.

Une vague inquiétude me prit, je ne sais pourquoi, en voyant sa noble tête se pencher vers la mienne.

« Chut! parlez bas, lui dis-je, et je me levai de dessus la marche de l'escalier. Vous voilà revenu?

— Oui. J'ai appris qu'Hilarion est allé avec une autre femme, au Caire; est-ce vrai?

— Probablement c'est vrai; je ne puis pas vous dire où il se trouve; mais *elle* est ici, seule. »

Ses grands yeux noirs semblèrent jeter des éclairs, comme ceux du lion, la nuit. Il se cramponna à mon épaule :

« Dites-moi tout. »

Et je le lui dis. A un moment il rugit sourdement comme un fort animal qu'on torture. Ce fut tout.

Il m'entendit jusqu'à la fin sans m'interrompre. Puis il s'appuya sur la muraille de l'escalier et couvrit sa figure de ses mains, et je vis de grosses larmes couler une à une entre ses doigts crispés.

Certes, l'homme qui voit mourir de maladie, à la fleur de l'âge, celle qu'il aime, ne souffre pas ce que Maryx souffrait en ce moment. Pour lui, Giojà était non-seulement perdue comme par la mort, mais son âme avait péri avec son corps; les vers du tombeau ne l'auraient pas plus complètement détruite. L'amant qui cède à la mort celle qu'il aime essaye de croire qu'il la remet à Dieu; mais Maryx...

« Oh! mon amour, mon amour! » s'écria-t-il une seule fois. Il n'acheva pas.

Il eut bientôt vaincu sa faiblesse et se redressa, les veines gouflées comme des nœuds de corde sur son large front.

« Nous sommes libres à présent, » dit-il; et je me tus, car je compris ce qu'il voulait dire.

Mais à quoi servirait la vengeance ?

Et moi, Romain, pour qui la vengeance est une justice, un devoir sacré, pour la première fois cette justice-là me parut une chose misérable et futile. Rien ne serait changé ni réparé. De quelle utilité pouvait-elle être ? Tuer Hilarion, il ne se soucierait guère de la mort. Il était brave et ne croyait pas à un lendemain.

Maryx étendit son bras et saisit la vieille poignée de bronze de la porte.

« Laissez-moi la voir, » dit-il.

J'hésitai; je pris sa main; j'avais peur pour lui et pour elle.

« J'étais son maître, reprit-il amèrement; je veux la voir. Elle saura qu'elle n'est pas sans ami, sans vengeur. Laissez-moi la voir. Que craignez-vous ? n'ai-je pas appris la patience depuis ces quelques années ? »

Il tourna le bouton de la porte et entra. Je restai sur le seuil, dans l'ombre.

Elle était encore devant l'âtre, comme je l'avais laissée; les bras croisés, la tête inclinée en avant, ses cheveux défaits lui voilant la face; la flamme du foyer jetait un reflet rouge sur son corps immobile et sombre.

Au bruit de la porte qui s'ouvrait, elle tressaillit et se releva.

Son visage était blanc; son regard trahissait une profonde affliction, mais il semblait avoir retrouvé quelque chose de son ancienne résolution.

Elle reconnut Maryx et une vive rougeur couvrit ses joues pâles, qui semblaient s'embraser peu à peu.

Il était fort, et, selon sa propre expression, il

avait appris la patience, cette patience pleine d'amertume, qui ne se plaint pas, qui est le signe d'un cœur
désespéré. Il croyait être calme; mais, à la vue de
Giojà, les liens d'acier de sa force se rompirent; il
trembla de la tête aux pieds; sa mâle énergie se fondit
en une pitié passionnée. Il traversa la chambre avec
un cri et se jeta à genoux, aux pieds de Giojà.

« Prends-moi, murmura-t-il, prends-moi pour la
seule chose que je puisse être, ton vengeur! Oh! ma
bien-aimée, ma bien-aimée! Ton amant jamais, ton
maître même jamais plus, mais ton ami pour toujours
et ton vengeur. La vengeance est tout ce qui nous
reste; mais cela du moins, aussi vrai qu'il y a un
Dieu, je te le donnerai! »

Et en faisant ce serment il baisa la poussière où
elle avait marché.

Elle le regarda, étonnée et émue, changeant de
couleur, les yeux fixés sur lui, avec son ancien vague
regard de surprise.

Mais quand elle l'entendit jurer de la venger, un
frisson électrique courut dans ses veines; elle étendit
les mains, les agita dans l'air comme pour le repousser.

« Vous mon ami, et vous voudriez lui faire du
mal! »

Ces mots ne furent qu'un léger murmure; elle ressemblait à un être à demi éveillé, qui sort d'un rêve
étrange.

Maryx se leva lentement; toute sa compassion, tout
l'élan de son pardon s'était arrêté, glacé dans son
cœur.

« Oui, votre vengeur, et je lui prendrai sa vie pour
la vôtre, » ajouta-t-il en continuant à se redresser

devant elle; et son visage bruni par le soleil du désert avait un terrible aspect; toutes les aspirations, toutes les angoisses des mois et des années étaient passées; tout avait sombré comme dans une inondation ou une tempête. Au serment qu'il venait de faire, agenouillé sur la pierre devant elle, comme devant un être que sa faute et son déshonneur même n'avaient fait que lui rendre dix fois plus chère et plus sacrée, elle écouta et elle comprit. D'un geste superbe elle rejeta en arrière les cheveux qui couvraient son visage et se redressa une fois encore, vivante, pleine d'âme, pleine de feu.

« Je vous le défends! s'écria-t-elle en le regardant en face. Sa voix n'avait plus rien de sa faiblesse, elle sonna, claire et harmonieuse comme le timbre d'une cloche d'argent. Je vous le défends! je n'ai à me venger de rien.

— De rien? Quoi! vous pardonnez?

— Je n'ai rien à pardonner.

— N'êtes-vous pas une femme abandonnée comme la plus vile des créatures? »

Une rougeur de feu revint une fois de plus colorer son visage.

« Non, dit-elle, je n'ai rien à pardonner; il m'a aimée. »

Maryx eut un rire sonore.

Dire qu'il y a des hommes de foi, d'honneur, dont la vie s'écoule solitaire et triste, ignorée de tous, et dont personne ne pleure la mort; et voir une passion aussi intense que celle-là s'attacher à la fausseté et à l'inconstance!

Elle fit un pas vers lui; il y avait quelque chose de résolu dans son regard qui brillait sous ces larges et charmants sourcils, — les sourcils d'Ariane.

« Écoutez! dit-elle vivement; j'ai été folle, je le
sais, mais maintenant je suis dans mon bon sens; je
me rappelle : vous avez toujours été bon... bon et
grand; moi, j'avais l'air ingrate; je ne l'étais pourtant pas au fond du cœur; vous étiez mon maître, un
maître plein de patience et de pitié; je m'en souviens;
je vous en suis reconnaissante; mais écoutez : si je
croyais que vous pussiez l'approcher autrement qu'a-
vec douceur, je serais capable de vous tuer avant que
vous ne l'atteigniez. Vous voyez, je suis calme et je
sais ce que je dis. Ma vie est finie, mais je trouverai
encore assez de force en moi pour sauver la sienne.

Elle se tut. Ses lèvres se fermèrent; on aurait dit
la bouche d'une statue de marbre. Il y eut un silence
parfait dans la chambre. Alors Maryx eut ce rire
qu'on a dans les délires de la fièvre.

« Je n'ai à me venger de rien, répéta-t-elle, de
rien! Ne suis-je pas libre de vouloir pardonner?
Qu'êtes-vous pour moi? où sont vos droits? Si j'avais
mon père, et qu'il voulût *lui* faire du mal, je lui dirais
ce que je vous ai dit. *Il* m'a aimée; y a-t-il rien qui
puisse changer cela? Je l'ai fatigué; il m'a quittée; ce
doit être ma faute. Quand le soleil disparaît, la terre
maudit-elle le soleil? »

Sa voix trembla et perdit sa force momentanée;
mais elle maîtrisa sa faiblesse et continua :

« Vous vous dites mon ami et vous parlez de l'as-
sassiner! Vous ne savez donc pas que tant qu'il vivra,
je vivrai. Je ne pourrais pas mourir et le laisser sur
la terre. Voyons, vous ne lui ferez pas de mal, n'est-ce
pas? Vous me le promettez? »

Maryx ne répondit pas.

« Vous ne voulez pas promettre?

— Non.

— Eh bien, sortez ! je ne veux pas vous voir tant que vous ne promettrez pas. »

Et elle lui tourna le dos avec un geste qui lui signifiait son congé.

Il fit semblant de ne pas s'en apercevoir.

« Faut-il valoir peu pour être aimé à ce point ! » murmura-t-il, et sa tête s'affaissa sur sa poitrine. On aurait dit un vieillard blanchi par l'âge. Puis il sortit de la chambre d'un pas mal assuré, avec une démarche d'aveugle.

Je franchis le seuil et m'approchai d'elle.

« Oh ! chère Giojà, lui dis-je, es-tu devenue cruelle ? Cet homme est un noble cœur, compatissant et qui souffre ; et autrefois il t'a rendu service si tendrement. »

Elle était accroupie près du foyer et soupira profondément.

« Je n'y peux rien ! dit-elle. » Puis soudain elle me regarda avec de grands yeux désespérés.

« Il était fatigué de moi ! Ce fut ma faute et non la sienne. Je ne savais pas ! je ne savais pas ! Son amour était ma gloire ; comment aurais-je pu deviner ? — Quand j'arrivai dans cette fatale ville, alors j'appris que je n'étais à ses yeux qu'une frêle et sotte créature comme les autres, et rien de plus ! Mais comment l'aurais-je pu deviner ?... »

Elle pleura.

« Et pourtant vous croyez que ceux qui vous aiment, n'ont pas le droit de vous venger ? »

Elle étendit les bras vers le vide de l'air :

« Il n'y a pas de vengeance qui n'augmente ma misère. Tant qu'il vit, j'ai la force de vivre. De quelle vengeance ai-je besoin ? *il* m'a aimée... les dieux sont bons ! »

Elle s'évanouit, et resta là couchée, près du feu à demi éteint, comme une belle fleur.

XVIII

A l'est de Rome, près de la porte Tiburtina, sur la route de Tivoli, se trouve une vieille tour en briques, dont personne ne connaît la date et dont les murs sont lézardés et noircis par la guerre.

Les rues tortueuses s'enlacent en un bizarre réseau et aboutissent à un grand bassin de pierre où les femmes viennent laver leur linge, et où se baignent de jolis pigeons.

De là vous dominez un des jardins verdoyants, ombragés de pins et de massifs ilex, qui sont une des gloires de notre ville; et au delà vous voyez se déployer Rome dans toute sa majesté, depuis les arbres du mont Mario et la villa Spada, assise au versant de la colline comme un vieillard accroupi qui compte les crimes de sa jeunesse, jusqu'à la longue ligne lumineuse où commence la mer et où, au coucher du soleil, les petits nuages blancs et roses s'envolent vers l'ouest comme une nuée d'oiseaux.

Au moyen âge, peut-être même plus tôt, quand Stilicon fit ériger la porte voisine, la tour avait été une forteresse et un lieu de batailles; plus tard, elle avait servi de demeure aux artistes attirés par les mer-

veilles ensoleillées de ce point de vue, par sa solitude
et les mille légendes qui s'y groupaient comme les
hiboux sur le vieux toit. La tour avait des chambres
spacieuses, peintes et voûtées, dont quelques-unes si
élevées qu'aucun son de la rue n'y montait, et l'on n'y
pouvait entendre que le bruissement des ailes des oiseaux et le mugissement du vent les jours de tempête.

C'est là que vint demeurer Giojà.

Quand je lui fis part du curieux trésor dont elle
avait hérité, son premier instinct fut de refuser ; puis,
quand je l'eus raisonnée, elle n'en voulut accepter
qu'une faible part.

« Gardez ce qu'il me faut absolument pour vivre, et
donnez le reste aux pauvres. »

Grâce à l'extrême bonté de mon ami le cardinal, nous
ne rencontrâmes aucune difficulté ; mais j'eus peine
à faire remplir à Giojà les quelques formalités indis-
pensables pour entrer en possession de l'héritage du
vieil avare.

Entre autres choses, il y avait beaucoup de bijoux,
des diamants gros comme des petits œufs d'oiseaux,
des rubis et des saphirs bruts. Elle les regarda et les
repoussa avec dégoût.

« Vendez-les, dit-elle ; il y a toujours les pauvres. »

Et, en vérité, il y a toujours les pauvres : les vastes
multitudes qui naissent, siècle après siècle, pour ne
connaître que les misères de la vie et de la mort, et
rien de plus. Il me paraît que la vie humaine
n'est, après tout, qu'un corps à visage souriant, mais
dont les membres sont ulcérés et crispés par la douleur. Aucune science d'état n'a encore su s'y prendre

pour maintenir la jolie tête, et cependant donner au tronc et aux membres force et santé.

Les premiers temps passés, elle fut reconnaissante de se trouver pourvue, sans efforts, des nécessités de la vie; car elle aurait difficilement pu se suffire, et son ancienne fierté, qui s'était courbée devant un seul, ne lui aurait pas permis d'accepter un bien-être qu'elle n'aurait pas gagné elle-même.

Mais elle refusa toujours de prendre des richesses du Ghetto plus que le strict nécessaire pour sa dépense journalière.

« Cet argent a été arraché aux pauvres, j'en suis sûre. Il leur retournera, » disait-elle; et si je n'avais pas eu le moyen de la tromper innocemment et de restreindre ainsi sa générosité, elle se serait trouvée une fois de plus parmi ceux qui s'éveillent le matin sans savoir comment se procurer le pain quotidien.

Rome se contait son histoire, mais nul ne la voyait jamais.

« Trouvez-moi quelque endroit où personne ne saura que je suis vivante, » me dit-elle. Et je découvris pour elle cette vieille tour en briques, avec ses pins et ses vieux orangers, ses hiboux et ses pigeons nichés sur le toit, où des plantes, semées par le vent, avaient mis une vivante guirlande de verdure.

J'avais fait cette demeure aussi belle que je l'avais pu sans lui laisser voir qu'il m'avait fallu pour cela dépenser de l'argent : car elle avait une horreur étrange des richesses, et quand elle voyait quelque chose que, selon elle, l'or seul avait pu payer, elle disait toujours : « Allez vendre cela pour les pauvres. » Il y avait en elle, comme nous le disions dans

les anciens jours, quelque chose de la sérénité des
saints de la primitive Église mêlé à la force et aux
grâces païennes de son esprit et de son caractère. Elle
avait en horreur les richesses de Ben-Sulim, parce
qu'elle était sûre que l'oppression, la déloyauté, l'ava-
rice et tous les crimes impunis de l'usure avaient en-
tassé ce trésor. Il serait difficile de rendre compte du
changement qui s'était opéré en elle. Le sentiment
de l'art, qui l'avait autrefois absorbée et isolée du
monde, s'était effacé pour faire place au souvenir de
son amour et à un isolement plus profond encore.
Depuis cette nuit où elle s'était tenue près du foyer,
elle n'avait plus laissé échapper son nom. Une fois
seulement, lorsque, tout plein du mépris que m'inspirait son manque de cœur, je proférai contre lui
quelques paroles violentes, elle m'arrêta comme si mes
lèvres eussent proféré un blasphème.

Sa fidélité ne s'effaça ni ne s'affaiblit jamais.

Sa vie n'était qu'une lente agonie.

Quand on est jeune et qu'on a reçu de la nature la
santé et la force, la mort n'arrive pas si vite que nous
le disent les poëtes; mais, bien que le corps souffre
peu, que les membres se meuvent sans effort et que
le pouls batte régulièrement, une mort lente n'en
tombe pas moins sur les sens et sur l'âme : les jours
et les années ne sont qu'un vide aride et profond que
rien ne peut combler, et tous les sons mélodieux et les
beaux spectacles de la terre ne sont plus alors que
souffrance comme pour ceux qui vont mourir.

Il n'y avait point pour elle de consolation possible,
pour elle qui n'avait trouvé dans Rome qu'une ruine
et dans l'amour un destructeur.

Les religieuses cloîtrées qui vivent enfermées près

du mont Viminal, murmurant toujours des prières au Saint Sacrement, là où n'arrive jamais la lumière du jour, où ne se fait jamais entendre une voix amie, ni ne se voit une figure humaine, ces femmes pourtant étaient plus heureuses qu'elle, car dans la tombe où elles étaient enterrées vivantes elles pouvaient rêver à une vie éternelle, compensation de toutes les souffrances.

Mais pour elle il n'y avait point d'illusion possible ; pour elle, la Mère des anges ne pouvait ni soupirer ni sourire.

Et pourtant il y avait en elle une tendresse profonde qui lui avait manqué autrefois ; la douleur et l'amour avaient fait naître en elle la sympathie. Elle avait été pure, franche, toujours douce, mais insensible comme le marbre qu'elle taillait. Maintenant il n'y avait pas de souffrance qui lui fût étrangère : les douleurs d'autrui lui étaient sacrées ; quand elle parlait aux malheureux, elle avait des larmes dans la voix, et quand elle voyait un petit enfant suspendu au sein de sa mère, une tendresse inexprimable se peignait dans ses yeux.

Des jours, des semaines, des mois se passèrent. Je suis certain qu'il n'y avait chez elle aucun espoir du retour de son amant. Il l'avait laissée seule dans sa douleur, comme Ariane sur le rocher de Naxos.

Je ne crois pas non plus qu'elle comprît jamais toute l'étendue du mal qu'il lui avait fait. Elle chérissait les souvenirs de son amour, comme la gloire la plus grande qu'elle pût avoir sur terre. Elle eût dit, comme Héloïse, dans une de ses lettres :

« Plus je m'humiliais pour toi, plus j'espérais gagner ton cœur. Si le maître du monde, si l'empereur

lui-même eût voulu m'honorer du nom de son épouse,
j'eusse mieux aimé être appelée ta maîtresse que sa
femme et son impératrice. »

Et le monde appelle cet amour-là une faute! Oui, et
le monde est bien sage sans doute. Il choisit bien ses
mots, le monde! lui qui laisse passer la femme adul-
tère dans la salle du trône des cours, qui la laisse vivre au soleil de la prospérité, qui la voit porter des
bijoux sur son front d'airain, et s'envelopper de la
honte de son époux comme d'un vêtement de vertu;
mais sur la femme qui a aimé avec passion, qui n'a
que trop aimé et a osé rester fidèle sans vouloir se
consoler de l'amour qu'elle a perdu, sur cette femme
aimante, le monde verse l'huile brûlante de la honte,
tandis qu'il la précipite vivante dans la tombe, comme
Rome y précipitait autrefois ses vestales.

Je n'avais pas besoin de mots pour m'imaginer avec
quelle terrible facilité il lui avait fait croire à une
grande passion pure comme la religion, divine comme
le martyre, et ensuite se fatiguant de la pureté et de
la grâce de ce qu'il avait évoqué, il avait levé le voile
et avait laissé la jeune fille se voir et le voir lui-même
tels que le monde les voyait tous deux.

Je ne lui demandais jamais rien. J'étais heureux et
reconnaissant de savoir qu'elle me connaissait assez
pour ne rien m'offrir de l'or du vieillard; cela m'eût
blessé si profondément, que je n'aurais jamais pu, je
crois, la regarder en face. Mais elle me connaissait
trop bien; et je fis pour elle tout ce qui était en mon
pouvoir, arrangeant les vieilles chambres sombres et
élevées, et en trouvant une femme honnête pour demeurer avec elle, car Ersilia ne pouvait quitter sa
maison; et je continuais de travailler à ma place au

coin du pont, afin de n'être un fardeau pour personne.

Le jeune Grec errait autour de la maison, et me supplia tant un jour de la lui laisser voir, que je ne pus le lui refuser. Mais sa vue fit une telle impression sur la jeune fille, qu'il me fallut le renvoyer bien vite. Elle ne savait rien des services qu'il lui avait rendus ; et en le voyant, elle n'avait pu se rappeler que les jours qui n'étaient plus ; il en fut profondément blessé, mais il l'aimait et se soumit.

« C'est bien dur, dit-il un jour.

— Oui, c'est bien dur, lui dis-je ; mais vous ne voudriez pas acheter le droit de la voir en lui disant ce qu'elle vous doit ?

— Oh non ! jamais, jamais ! » répondit l'enfant. Timide et faux en bien des choses, il était sincère et courageux dans son amour pour elle. Et le soir il venait jouer de la flûte sous les murs de la tourelle, espérant que les sons pourraient parvenir à l'oreille de la jeune fille et la consoler ; et les femmes cessaient alors de battre leur linge à la fontaine, les chiens cessaient d'aboyer, et ceux qui passaient dans la rue s'arrêtaient au milieu de leurs querelles et de leurs jurons ; les pigeons mêmes semblaient heureux, tout en volant en cercle avant de se dire bonsoir ; mais quant à elle, je doute fort qu'elle entendît.

Elle ne semblait ni écouter ni voir ce qui était dans l'air ou dans les rues, si ce n'était quelque souffrance qu'elle pût adoucir.

J'espérais toujours que la vue des beaux marbres éveillerait en elle le sentiment de l'art, comme la vue du Tibre fauve roulant ses eaux sous les rayons de la lune l'avait rendue à la raison. Mais elle passait maintenant sans paraître les voir devant les chefs-

d'œuvre qu'elle avait adorés, et contemplait la face
des Dioscures et ne semblait pas les reconnaître. J'aurais voulu pouvoir parler à Maryx et lui demander
conseil ; mais son sort à lui me semblait si terrible et
sa douleur si sacrée, que je n'osais me présenter devant lui.

Il était à Rome : voilà tout ce que je savais.

J'allai voir sa mère une ou deux fois, mais je n'osai
lui parler de Giojà, car elle avait l'esprit étroit du
paysan et toute l'amertume causée par la force de
l'amour maternel. Elle devenait aveugle et ne pouvait
plus voir les fleurs de l'atrium ni les rayons du soleil éclairant le toit du palais du pape : ce qui lui
avait fait croire autrefois qu'elle vivait dans la cité
de Dieu. Mais elle pouvait encore voir le visage de
son fils et lire ce qu'exprimait ce visage, bien qu'elle
ne le lût qu'à travers le brouillard de sa vue affaiblie.

« C'est comme je l'avais dit, murmurait-elle pour
la centième fois ; c'est comme je l'avais dit : le marbre
est tombé sur lui et l'a écrasé.

« Si seulement il avait fait l'image du vrai Dieu, »
reprenait-elle, et elle disait son chapelet. Elle avait
en elle la foi inébranlable et la haine profonde qui
avaient porté les moines et les religieuses des premiers siècles à arracher les yeux des divinités païennes
et à les mutiler, et qui leur avaient fait briser à coups
de hache et de couteau les groupes riants des Heures
et des Nymphes.

« Travaille-t-il ? demandai-je à Giulio.

— Jamais, depuis qu'il est revenu, » me répondit
le vieillard. Et je n'osai demander à le voir, et je
sortis de cette ravissante habitation, où les roses se

pressaient entre les colonnes et où chantaient les rossignols pendant les longues nuits de printemps.

« Vous êtes cruelle envers Maryx, mon enfant, »
lui dis-je timidement ce soir-là ; car j'étais timide devant elle, craignant toujours de toucher quelque
blessure.

« Il le tuerait ! » dit-elle bien bas ; et son visage se
colora, puis redevint tout pâle.

Je savais qu'il était inutile de la supplier. Je crois
que, sans qu'elle le sût, le sentiment de l'amour que
Maryx avait pour elle avait été la cause de sa dureté
envers lui : car, pour une femme qui aime avec toutes
les forces de son âme, le murmure même de la passion d'un autre que celui qu'elle aime est une insulte,
et prêter l'oreille à ce murmure serait pour elle une
infidélité. « Pourquoi a-t-elle laissé le dieu s'approcher d'elle ? elle aurait dû mourir ! » avait-elle dit
d'Ariane ; et c'était ce qu'elle aurait fait, elle, car
telle était son idée de la fidélité. Et certes il n'y en a
pas d'autre que celle-là.

Le printemps était revenu, et nulle part le printemps n'est plus beau qu'à Rome.

L'eau rieuse étincelle et ondule partout ; sur les
larges bassins de porphyre voltigent des papillons aux
couleurs diaprées et s'élancent les hirondelles ; les
amants et les enfants agitent des balles de fleurs,
telles que nos Romains peuvent seuls les faire ; les
larges pelouses à l'ombre des allées ombreuses sont
pleines de fleurs ; l'air est chargé de parfums ; les
palmiers se détachent sur un ciel sans nuages ; les
nuits sont lumineuses, et, dans les grandes galeries
pleines de fraîcheur, les statues semblent sourire :
voilà ce qu'avait toujours été le printemps pour moi ;

mais maintenant la saison était sans joie et l'odeur des fleurs, que m'apportait le vent, me faisait souffrir.

Le printemps n'apporta en elle aucun changement : pour elle il n'y avait point de changement possible ; voilà ce qu'il y avait de plus malheureux. Elle vivait parce qu'il vivait ; elle avait dit vrai : elle ne pouvait mettre entre elle et lui le gouffre béant de la mort ; elle ne pouvait consentir à un silence éternel tant que la voix de celui qu'elle aimait résonnait à l'oreille d'une autre et que ses lèvres pressaient d'autres lèvres que les siennes. En dehors de son amour la vie était terrible pour elle, et la fièvre commença à la consumer. Elle s'affaiblissait et souffrait beaucoup, bien qu'elle ne se plaignît jamais. Elle avait toujours été indifférente aux souffrances physiques.

Elle avait acheté tout ce qu'il avait composé et elle avait appris la langue dans laquelle ses œuvres étaient écrites, et nuit et jour elle les lisait, et les pages étaient tachées en bien des endroits par les larmes qu'elle y laissait tomber. Un jour je la trouvai ainsi : elle me regarda d'un air abattu et les yeux pleins de tristesse.

« Je cherche à lire dans ces pages ce qu'il désirait, et en quoi je me suis trompée, » dit-elle avec une humilité touchante.

Je maudis les livres et celui qui les avait écrits. J'aurais bien voulu lui dire la vérité.

Mais je me retins ; je craignais qu'elle n'en vînt à me haïr, sachant que je le haïssais.

Elle était trop pure dans la profondeur de son amour pour éprouver cette honte qui est le reflet des reproches du monde ; il n'y avait pas de monde pour elle, et elle avait été trop accoutumée à vivre seule

au milieu de ses rêves et de ses travaux pour chercher la pitié ou le pardon des autres et pour regretter
qu'on ne les lui donnât pas. Elle était tombée à ses
propres yeux, non parce qu'il l'avait aimée, mais
parce qu'il l'avait quittée; parce que, pour une raison
qu'elle ne pouvait comprendre, elle était devenue
pour lui sans valeur, sans dignité et sans honneur.

Elle ne se révoltait pas contre cette sentence, mais
elle se méprisait parce qu'elle l'avait encourue. La
passion élevée, pure et poétique qu'elle avait rêvée
dans son innocence, en lisant les pages de Dante, de
Pétrarque et de Sopistra, elle la lui avait donnée;
s'imaginer qu'elle n'avait été qu'un jouet pour un
amant blasé était impossible à elle qui avait dans sa
nature la pureté et la force d'Electre et d'Antigone.
Elle s'était trompée; voilà tout ce qu'elle savait.

« Il m'a aimée, » disait elle; et cet amour était pour
elle quelque chose de si merveilleux, qu'il excusait toute
sa cruauté; comme la femme de la Maremme qu'elle
avait autrefois plainte, elle n'eût point voulu que ses
blessures fussent ni moins profondes, ni moins hi-
deuses, ni moins douloureuses, parce que ses blessures l'assuraient qu'il l'avait aimée !

Hélas ! cette amère consolation même n'était qu'une
illusion. Il ne l'avait pas aimée quand il avait
déposé ses roses sur ses genoux et lui avait parlé
d'amour. Il n'avait pas eu pour elle la passion que lui
arrachait la courtisane patricienne en foulant du pied
son cœur, comme un vigneron écrase les raisins en-
tassés dans les cuves quand vient l'automne. Car il
me le dit lui-même dans la suite avec cette franchise
cynique qui éclatait de temps en temps sous ses belles
paroles.

Il n'était pas venu une seule fois à Rome, depuis cette nuit froide et sinistre de carême où Maryx et moi nous avions trouvé la chambre vide et Hermès seul sous les rayons de la lune.

Toujours questionneur, j'appris qu'il n'était pas venu à Rome depuis cette nuit mémorable, et qu'il n'était pas venu une seule fois à Daïla. Ce n'était certes pas la crainte qui le tenait éloigné de la ville, mais c'était sans doute un remords vague et sans fruit qui est le repentir des hommes de sa sorte : car la différence entre les bons et les méchants est, à mon avis, bien moins dans ce qu'ils font que dans ce qu'ils éprouvent, et bien moins dans les actions que dans la conscience; plus d'un d'entre nous pourrait remédier au mal qu'il a fait s'il ne repoussait pas loin de lui les regrets que ce mal lui cause, et s'il ne laissait pas le passé derrière lui, comme une mule morte qu'on laisse oubliée sur la route.

Nous péchons tous, mais il y en a qui continuent leur chemin; d'autres, au contraire, se retournent et tâchent de réparer le mal qu'ils ont fait avant de passer outre.

Hilarion n'était pas de ceux-là : non qu'il fût cruel, mais parce qu'il avait en lui assez de tendresse mêlée à sa cruauté pour lui faire craindre de voir la souffrance, bien qu'il ne se fît aucun scrupule de la causer. Les maîtres du monde immolaient dix mille victimes à Rome, et pleuraient la mort d'un esclave favori.

Je l'attendais tous les jours avec anxiété, avec effroi; mais il ne venait pas, et j'appris qu'il était à Paris, et que la Sovrana était absente aussi; et une paix mélancolique régnait sur nous, comme elle règne sur un village enseveli sous la neige, quand les feux

sont éteints, que tout est silencieux, et que les dor-
meurs dorment de ce dernier sommeil que ne peuvent
troubler ni la voix de la tempête ni le lever de l'aurore.

———

XIX

Un soir, après les fêtes de Pâques, j'allais reporter de l'ouvrage que je venais d'achever, et malgré moi il me fallut passer devant le palais des princes So-vrana, le palais de sa courtisane aux sourcils noirs qui y régnait comme Olympia Panfili, et avait tout le grand monde à ses pieds.

Dans l'ombre de la grande cour du palais allait et venait une foule brillante et animée : parmi tous ces grands personnages, je reconnus enfin Hilarion : il entrait dans la maison. Mon cœur battit violemment, comme si le sang de vingt ans l'eût fait battre.

J'abandonnai ma course et restai à attendre près des grilles du palais. Il était situé dans un des plus vieux quartiers de Rome. C'était une magnifique con-struction en pierres blanches, que quelque pape du moyen âge avait fait élever sur d'anciennes ruines; maintenant les cours de ce palais étaient éclairées par des lampes et des torches, et sur les vastes escaliers on apercevait les valets vêtus de rouge et tout galon-nés d'or, se pavanant les uns au-dessus des autres comme des perroquets

Je me tins debout en dehors des grilles, comme un

grand nombre d'autres curieux qui étaient venus
là pour voir les princes étrangers et les grandes dames qui descendaient de voiture et passaient ensuite
entre les deux rangées de valets.

Personne ne fit attention à moi : les heures s'écoulèrent; ceux qui étaient venus regarder aux grilles
s'étaient fatigués de regarder depuis longtemps et
étaient partis; j'étais seul, mais je ne bougeai pas.
Les chevaux piaffaient et s'impatientaient, et leur
haleine se dégageait en vapeur dans l'air de la nuit.
Enfin ceux qui étaient dans l'intérieur du palais commencèrent à en sortir : il parut un des premiers.

Je l'arrêtai comme il se rendait à sa voiture.

« J'ai à vous parler, » lui dis-je. Il se retourna, et je
crus le voir pâlir. Mais il était brave, et il faut bien
l'avouer, envers moi il avait toujours été charmant
et ne m'avait jamais fait sentir quel intervalle ma
position sociale mettait entre lui et moi.

« Comment, c'est vous, mon vieil ami? me dit-il
avec une indifférence aimable, vraie ou feinte. Avez-
vous besoin de moi? Il se fait tard, ne pourriez-vous
remettre votre affaire à demain?

— Non, lui dis-je, venez avec moi. »

Et il me suivit, car il pouvait lire sur mon visage
les signes d'une volonté énergique et d'une préoccupa-
tion grave.

Le palais était situé, comme je l'ai déjà dit, dans un
des plus vieux quartiers de Rome. Après avoir tourné
une ou deux allées, on se trouvait devant le dôme
d'Agrippa, à mon avis le monument le plus sombre
et le plus grand qui existe au monde, surtout quand
il est, comme il l'était alors, éclairé par les rayons
de la lune.

C'est là que nous nous rendîmes.

Sur un signe qu'il leur fit, ses serviteurs restèrent devant le palais.

Quand je vis que personne ne pouvait nous entendre dans la place déserte, je m'arrêtai, et lui aussi.

Avant que j'eusse pu lui parler, il me dit froidement.

« Si vous étiez plus jeune, vous me tueriez, n'est-ce pas ? »

Ses yeux bleus étaient calmes, mais son visage était ému.

« Si je n'avais promis de ne jamais vous faire de mal, je trouverais bien les moyens de vous frapper, tout vieux que je suis. »

Il me regarda d'un air pensif.

« A qui avez-vous promis ?

— Vous devez bien le savoir : il n'y a pas deux femmes qui, ainsi abandonnées, pourraient encore pardonner. »

Il soupira avec un peu de fatigue.

« Va-t-elle bien ? » dit-il après une pause. Il y avait une espèce de honte dans sa voix, et ses yeux se baissèrent. Je le maudis.

Que le ciel me pardonne ! J'appelai en cet instant sur lui avec toute l'énergie de ma pensée la vengeance et la colère du ciel, tous les maux, toute la misère et tout le désespoir qui peuvent s'amonceler sur la tête de ceux que Dieu et l'homme abandonnent. Je le maudis dans ses nuits et dans ses jours, dans son âge mûr et dans sa vieillesse ; je maudis les enfants qu'il pourrait avoir, les femmes qu'il aimerait ; je le maudis comme les saints hommes dont parlent les Écritures maudissaient les enfants de l'enfer.

J'avais tort ; de telles malédictions devraient brûler les lèvres qui les prononcent, car nous sommes tous à la merci les uns des autres, égarés, tâtonnant aveuglément dans le mystère inexplicable de l'existence. Mais j'étais hors de moi, je ne pensais qu'à elle, je ne voyais en lui que la cruelle brutalité de cet amour qui cache un aspic dans sa fleur et donne la mort avec ses baisers.

Il était là calme et tranquille devant la furie de mes paroles ; il ne paraissait nullement blessé ; une fois seulement il avait tressailli : ce fut là tout. Il ne chercha pas à s'en aller. Il se tenait immobile près des degrés de granit du Panthéon, ayant derrière lui les colonnes qui ont résisté aux flammes et aux sièges de deux mille ans.

Quand ma voix se fut éteinte, étouffée par l'ardeur de ma souffrance et de ma haine, il me regarda, et ses yeux si froids et si calmes étaient voilés.

« Je regrette que vous me haïssiez, » dit-il bien bas.

Sa patience et son calme mirent un frein aux élans de ma colère et de mon mépris, qu'une réponse pleine de colère n'aurait fait que redoubler. Je restai immobile, le regardant fixement sous les rayons de la lune.

« Ne peut-on vous atteindre ? murmurai-je ? Qu'êtes vous donc, que vous ne sentiez rien et que vous puissiez rester là devant moi, souriant comme vous le faites ?

— Ai-je souri ? dit Hilarion. Non, je souffre de voir que vous me haïssez. Mais c'est naturel et assez juste. Seulement, quand vous en appelez à Dieu... Hélas ! a-t-il jamais écouté ?

— Non ! puisqu'il ne l'a pas gardée loin de vous. Non !

— Qui pourra séparer la femme de l'homme? dit-il avec une espèce de mépris. La nature ne le peut, et il n'y a que la nature qui soit forte.

— Je ne vous blâme pas de votre amour, je ne suis pas puritain. Ce que je maudis en vous, c'est l'amère froideur de votre âme, votre duplicité, votre infidélité, votre cruauté, votre abandon : comment avez-vous pu la quitter après l'avoir aimée? Comment?

— Je ne sais pas moi-même si je l'ai jamais aimée, » dit-il d'un air fatigué.

Je gémis tout haut.

L'argile sur laquelle elle avait dépensé toute sa force dans sa folie pendant qu'elle était à Paris, était plus vraie et plus digne d'adoration que ce fantôme de passion qui l'avait entraînée à sa perte.

« Je suis honteux et je regrette, murmura-t-il rapidement. Et sa voix, pendant un instant, exprima un véritable repentir. Pourquoi m'avez-vous prié de la laisser seule? Et puis on voyait bien que Maryx l'aimait, et c'était une tentation de plus. Est-ce que je vous semble bien vil? Il en est toujours ainsi quand les hommes disent la vérité. Et puis, je n'avais jamais rencontré de pureté et de passion comme celles qui l'animaient. Elle ne comprenait pas que je lui faisais du mal, elle m'aimait. Elle était si calme aussi; elle ressemblait tant aux vieilles statues avec ses grands yeux qui ne semblaient jamais pouvoir pleurer ni sourire, ni regarder autre part que tout droit vers le ciel. Je n'avais jamais rencontré de femme comme cela...

— Et alors vous avez voulu la rendue comme les autres?

— Non, elle ne leur ressemblera jamais. Je puis

l'avoir perdue selon vous et le monde; mais, aussi
vrai que j'existe, je vous jure que son âme est restée
pure.

— Vous sentiez cela! et pourtant...

— Et pourtant je l'ai abandonnée; voilà ce que vous
voulez dire. Si vous aviez versé du poison à quelqu'un
qui eût eu confiance en vous, et qui trouvât douce son
agonie parce qu'elle venait de vous, auriez-vous pu le
supporter? Il en était ainsi de moi. J'ai été infidèle,
je l'ai quittée; mais j'avais l'intention de revenir. Je
croyais qu'elle aurait compris plus facilement qu'on
peut se fatiguer; je n'avais jamais pensé qu'elle se
fût précipitée ainsi dans la misère.

— Non, je me rappelle, lui répondis-je amèrement,
vous m'avez dit autrefois que quand vous enterriez
un amour qui n'était plus, vous couvriez sa tombe de
dons précieux. Mais, voyez-vous, il y a de ces choses
mortes qu'on ne peut enterrer ainsi, et il y en a qui
ne peuvent mourir, même à votre demande. Vous êtes
un poëte célèbre, mais il me semble que vous n'avez
qu'une connaissauce bien superficielle des grandes
natures.

— Vous voulez dire qu'elle m'aimera toujours.
Je le sais

— Vous osez triompher !

— Non, ce n'est pas cela, au contraire ; je m'afflige
à cette pensée, je crains l'avenir. »

Il frissonna tout en se promenant de long en large
sous les rayons de la lune.

« Parlez-moi encore d'elle, dit il en s'arrêtant devant moi.

— Je ne veux rien vous dire.

— Vous m'en trouvez indigne !

— Peut-être. On trouverait des forçats au bagne qui sont plus honnêtes que vous. »

Il se tut. La lune nous inondait de ses blancs rayons ; il y avait, je me rappelle, un petit oiseau mort qui gisait roide et froid sur les pierres : c'était un rouge-gorge.

« Faites chanter ce petit gosier glacé au lever du soleil, lui dis-je. Ce n'est pas plus difficile que de réparer le mal.

— Elle oubliera...

— Vous savez bien qu'elle n'oubliera jamais. Voilà votre crime !

— Elle aura son art !

— L'oiseau mort peut-il chanter ? »

Il se tut.

« Dites-moi, reprit-il brusquement après quelques instants, est-elle à Rome ? »

Je ne voulus pas lui répondre ; je ne faisais que le regarder stupidement, et je voyais son pâle visage se détacher dans toute sa beauté entre les colonnes de granit du temple d'Agrippa.

« Est-elle à Rome ? répéta-t-il.

— Je ne veux pas vous le dire.

— Elle y est alors. Quand j'appris à Paris que vous l'aviez retrouvée, je sus alors qu'elle était en sûreté. Vous croyez que je l'ai chassée. Vous avez tort. Je la quittai, c'est vrai ; mais je voulais revenir. En arrivant à Paris, je la cherchai ; mais vous étiez venu et reparti. Je devinai que c'était vous d'après ce qu'on m'avait dit. Vous l'avez trouvée dans la misère ?

— Elle gagnait sa vie à faire des filets pour les pêcheurs. »

Moi qui aurais voulu le tuer, je n'osais pas lui

avouer que son abandon avait ébranlé la raison de celle qui l'avait tant aimé.

Il fit un mouvement d'impatience et un geste qui exprimait à la fois la douleur et le regret.

Hilarion, si peu soucieux de faire souffrir moralement une femme, ne pouvait supporter l'idée de la misère matérielle.

« Est-elle dans le besoin maintenant? dit-il avec une légère rougeur de honte sur le visage. Est-elle dans le besoin? Sans doute, et je...

— Elle n'a besoin de rien lui répondis-je; et je ne puis répondre de ma patience si vous l'insultez de cette façon. Les mots ne servent à rien. Voilà ce que je suis venu vous dire : « Quittez Rome. Ne l'insultez pas en vous montrant à elle à côté de cette courtisane patricienne qui demeure dans ce palais. »

Hilarion sourit un peu tristement.

« Voulez-vous quitter votre maîtresse, voilà tout ce que je veux savoir!

— Si Giojà est ici, » dit-il doucement. Et pourtant pour cette courtisane il l'avait abandonnée!

« Parlez-moi d'elle, dit-il encore.

— La regrettez-vous?

— Oui et non. Je dois vous paraître brutal sans doute; mais je ne pourrais vivre auprès d'elle.

— Quelle était sa faute!

— La pire de toutes, je vous l'ai dit : elle m'aimait trop. »

Il se tut, ses traits exprimaient l'émotion et la honte; il s'éloigna avec impatience.

« Comprenez-vous? Être adoré comme si l'on était fidèle, sans fautes, presque divin, quand on ne cherche pas à se parer de toutes ces perfections... Comment accepter un culte si fatigant? C'est peut-être de l'ingratitude ; mais les hommes sont ainsi faits. Il y a des femmes qui nous rendent honteux de nous-mêmes, tout en obéissant aveuglément à notre volonté.

— Et alors ! »

Il rejeta sa tête en arrière avec un geste de colère.

« Et alors ?..... on les laisse ! On ne peut vivre dans un air trop raréfié : nous ne sommes que des brutes, tels que la nature nous a faits. Ce n'est pas notre faute. Pourtant je ne voulais pas la quitter pour longtemps comme elle le croyait. Si elle avait attendu... Mais elle ne comprenait pas. »

Il me semblait que jamais mot plus triste n'avait été prononcé. Elle ne pouvait comprendre que l'amour était mortel.

Il s'était dirigé vers le bord de la fontaine; la lune brillait sur les eaux, et les eaux reflétaient son beau visage pâli.

« Nous ne sommes fidèles qu'à celles qui sont sans foi, m'avez-vous dit un jour, murmura-t-il, tournant le dos à l'onde qui recevait son image. C'est vrai. Quel auteur a dit que nous sommes plus heureux avec des courtisanes et des femmes vénales, parce que nous n'avons pas honte avec elles, et ne sommes alors que les bêtes que la nature nous a faits? C'est Montaigne, je crois, et c'est vrai. Et de plus, tous les petits mensonges que je lui faisais, ces mensonges que l'on fait souvent aux femmes, semblaient me percer comme d'une flèche. Elle ne doutait jamais de moi. Si elle avait douté une fois seulement, c'eût été facile, mais elle me croyait toujours. A Venise, elle fit une statue de marbre. C'était moi ; mais elle m'avait fait dieu.

Voilà quelle fut toujours sa faute. Elle ne vit jamais en moi ce que je suis. »

Il laissa échapper un soupir : soupir d'égoïsme et de fatigue.

« Voulez-vous que je vous dise la vérité tout entière? dit-il avec effort. Eh bien! je ne l'ai jamais aimée. Elle était si belle, elle avait tant de génie, elle ressemblait si peu aux autres ; elle vivait dans une paix si complète, elle était si pleine de son art et de ses rêves, si calme, si absorbée... Je fus surpris, séduit, invinciblement attiré à elle par le mystérieux prestige de l'inconnu. Il n'y avait là aucun calcul bas ; je ne voulais pas détruire son bonheur. Les hommes sont comme les enfants ; quand les enfants voient une fleur, ils la déracinent ; quand ils voient quelque chose qui brille, ils l'arrachent et le brisent, n'est-ce pas ? J'étais enfant, et je fus cruel ; cet âge est sans pitié. La passion est cruelle aussi. Je me dis : C'est moi qu'elle aimera et non son art. »

Oh! mots terribles, et vérité plus terrible encore!

Il monta les marches du temple, et marcha de long en large, d'un air fatigué, car sa conscience s'était éveillée et lui faisait des reproches.

« Était-ce vanité? murmura-t-il. Peut-être : ce n'était pas de l'amour. Quelque chose de l'amour, un charme amoureux sans doute, se mêla à ce sentiment, car elle était si belle de corps et d'âme, et m'adorait comme je ne l'avais jamais été ; mais quant au reste! Je ne me serais jamais approché d'elle si vous ne m'aviez rien dit et si elle n'avait possédé ces grands yeux calmes et sereins qui semblaient toujours regarder au ciel sans voir les hommes. Je voulais voir mon image se refléter dans ses yeux, comme dans des ondes

calmes, et les troubler pour toujours. Me comprenez-
vous ? Vous dites que c'est indigne ? Vous avez raison
peut-être ; mais il en était ainsi. Je ne l'aimais pas,
mais je voulais me faire aimer, je voulais être le
premier. J'étais lâche et traître, comme vous dites,
mais je n'y pensais pas. Elle aimait son art, ses dieux,
ses rêves ; je me dis : Elle m'aimera. Je n'avais
jamais rencoutré de femme dont l'âme fût pure : la
sienne l'était, j'y écrivis mon nom, en m'amusant ; et
vous voyez que mon nom y brûle toujours en lettres
de feu ! »

Quoi ! il ne l'avait même pas aimée ! lui qui lui avait
enseigné cet amour impérissable qui s'empare du
corps et de l'âme, et remplit le ciel et la terre.

« Vous ne l'avez jamais aimée ! » murmurai-je.

L'amour vrai et profond ne se trouvait-il dans le
monde que dans le cœur brisé de quelques femmes ?

Je ne pouvais lui parler, une souffrance inexprimable me rendait muet. J'étais comme un père de la
Rome païenne qui, en ce même endroit, eût vu passer
sa fille entre les gardes pour aller mourir pour l'amour
du Christ, sachant bien, lui, que son Christ était mort
en Galilée et ne pouvait la secourir, et que les anges
qu'elle croyait voir venir pour briser ses chaînes et
éteindre les flammes, n'avaient jamais paru que dans
l'imagination ardente d'un saint du désert ou d'un
confesseur persécuté.

Il sourit ; son sourire était moitié cruel, moitié
triste, et il me regarda bien en face.

« Avouez que vous avez songé à me tuer, » reprit-il.

Je le regardai aussi bien en face.

« Si je ne lui avais pas promis de ne jamais vous

tuer, je trouverais les moyens de le faire, tout vieux
que je suis !

— Vous feriez bien, dit-il d'un air rêveur, et vous
me rendriez service peut-être. Qui sait ? Nous savons
si peu ! »

Hélas! non. Il disait vrai ; nous savons bien peu, et
ce que nous savons nous paralyse la main : la seule
vengeance que nous connaissions est un coup prompt
et sûr qui donne la mort.

Je me tenais devant lui, confondu, paralysé.

Sa cruelle franchise me glaçait le sang dans les
veines, et je voyais qu'il disait vrai. Il ne l'avait
jamais aimée !

Il aimait mieux cette espèce de courtisane illustre
qui le frappait dans ses colères et le traînait dans la
poussière dans ses moments de douceur.

« Voulez-vous me dire où elle est ? dit-il encore brusquement.

— Non !

— Avez-vous peur que je ne la ramène à moi ?

— Non ; votre vanité n'a plus rien à gagner.

— Je serais revenu à elle.

— Vous le croyez. Mais vous ne seriez pas revenu.

— Pourquoi ?

— Parce que vous savez bien que, ne dût-elle plus
vous revoir, elle n'en est pas moins à vous pour toujours. Puisque les hommes ne sont fidèles qu'à celles
qui sont sans foi, ils peuvent oublier facilement celles
qui les aiment toujours. »

Il se taisait. On eût dit que des larmes voilaient ses
regards.

« Elle m'aimait trop, vous dis-je : on ne devrait
jamais trop aimer un homme, continua-t-il avec im-

patience. Les femmes ne comprennent pas cela...

— Les femmes viles ne le comprennent que trop bien, et en le comprenant gardent près d'elles ceux qui vous ressemblent. »

Je me retournai pour m'en aller. Il s'approcha de moi.

« Je vous respecte, dit-il, je vous estime. Ne pouvons-nous nous séparer en paix? Ne puis-je donc rien faire?

— Non, rien. Vous devez bien le savoir. Il ne peut y avoir de paix entre nous. Adieu! Quand vous serez sur votre lit de mort, peut-être désirerez-vous que l'amour puisse être à votre chevet : vous l'appellerez alors, mais vous l'appellerez en vain.

XX

Je le quittai et m'en allai tout seul du Panthéon à ma chambre près du pont, que ne peuplaient plus maintenant ni Hermès ni les autres trésors de mon passé.

Je savais bien qu'il quitterait Rome, je savais qu'il ne la chercherait pas, parce que, bien que son cœur lui reprochât quelque chose, le désir du bien-être et l'horreur qu'il avait de la souffrance étaient plus forts chez lui que tout autre sentiment. Elle s'était si entièrement donnée à lui que, malgré les pays et les mers qui s'étaient étendus entre eux, malgré le monde qui les avait séparés, il ne savait que trop bien qu'elle lui resterait fidèle ; il savait bien que, dût sa jeunesse s'envoler dans la solitude jusqu'à ce que la vieillesse vînt la frapper, jamais d'autre que lui n'obtiendrait d'elle une pensée, un regard. Il ne le savait que trop bien !

Pourquoi retournerait-il près d'elle ? Sa passion n'avait rien à conquérir, sa vanité rien à gagner. Et que savait-il de l'amour, ce poëte dont les mots brûlaient, cet amant dont les yeux caressaient en regardant, et qui voyait les âmes des femmes tomber à ses pieds comme des fleurs de jasmin que le vent détache de leur tige?

« Je n'aurais jamais quitté Dorothée si elle m'avait refusé sa confiance, » dit un amant sans foi dans une des comédies de Calderon.

Jamais auteur n'a écrit de ligne qui renfermât plus de triste expérience de la vie ; et Dorothée pardonne outrage sur outrage, crime sur crime, et même, quand il a ordonné aux assassins de la tuer, elle couvrirait sa main de baisers et prierait pour lui son Dieu crucifié ; mais lui ne pardonne jamais, bien que la faute qu'elle ait commise à son égard est d'avoir eu confiance en lui.

Je savais donc qu'il quitterait Rome, et en effet, le lendemain, j'appris qu'il était parti.

J'en fus soulagé. Les femmes espèrent que l'amour éteint peut se rallumer ; mais les hommes savent bien que, de toutes les choses qui ne sont plus, rien ne peut moins revivre qu'une passion évanouie.

La courtisane peut faire revivre l'amour en le frappant avec un fouet d'orties ; mais l'honnête femme qui le mouille de ses larmes ne le réveillera pas.

Son départ me soulageait, car il valait mieux qu'il en fût ainsi ; et pourtant si quelque chose pouvait augmenter ma haine contre lui, ce fut son obéissance.

Être près d'elle, et ne pas aller la voir encore une fois ! J'oubliais qu'il ne devait pas plus tenir à la regarder qu'un meurtrier ne tient à voir les traits de la créature qu'il a étouffée et ensevelie dans la terre.

Pendant tout ce temps, je ne voyais jamais Maryx. Je savais que, bien qu'il eût refusé de donner sa parole, il ne ferait aucun mal à son amant ; mais je ne

savais rien de plus. Je savais seulement qu'Hilarion
avait quitté Rome sain et sauf comme il y était entré.

Les rossignols chantaient pendant les longues nuits
pleines de charme du printemps sous les myrtes de la
colline d'Or, mais leur maître ne sortait jamais pour
les écouter, ni ne s'apercevait de l'approche de l'été.
L'art est un ange de Dieu, mais quand l'amour entre
dans l'âme, l'ange déploie ses ailes et s'envole.

Et elle devenait de jour en jour plus maigre et paraissait plus grande, et son beau visage avait la pâleur
de la fleur de stéphanotis, et elle était toujours belle,
mais c'était une beauté qui inspirait une certaine terreur à ceux qui la voyaient, bien que ceux-ci ne fussent que les pauvres de la ville. « Elle ressemble à
notre Béatrice, » dit un jour une femme qui lavait
les degrés de pierre du palais Barberini et qui connaissait ses yeux qu'on ne peut oublier, et qui, dans
leur regard suppliant, expriment toute la souffrance
qui puisse jamais frapper une âme humaine.

Et ce qui me brisait le cœur, c'était que tout souvenir ou tout sentiment de l'art semblait éteint en
elle. Ce qui avait été autrefois la passion dominante
de sa vie semblait avoir été foulé aux pieds et effacé
par cette passion plus absolue et plus tyrannique encore qui l'avait détrôné. Comme une grande vague
emporte et efface tout ce qui se trouve sur son passage, la passion d'Hilarion avait effacé en elle toute
autre pensée et tout autre sentiment. Elle s'efforçait
de secourir les malades et les malheureux qui l'entouraient; elle allait des uns aux autres en silence,
sans crainte de la contagion. Les malades la crai-
gnaient, mais elle ne les craignait pas, même quand
leur souffle était le souffle de la mort.

« Vous devez bien aimer ces gens, que vous les se-
courez avec tant de bonté, lui dit un jour un prêtre
qui l'avait rencontrée là où la fièvre sévissait avec le
plus de violence.

— Non, lui répondit-elle, je souffre pour eux, je
souffre pour tout ce qui vit. » Et c'était vrai. Son
cœur s'était ouvert à la pitié, mais il ne renfermait
qu'un amour. La chaleur était accablante et la maladie régnait partout. Des enfants amaigris et minés
par la fièvre erraient dans les rues; la clochette
qui disait à tous qu'une âme qui allait quitter la
terre allait recevoir les derniers sacrements ne cessait de tinter; à la lumière du soleil et à la lumière
des torches, les formes noires des *beccamorti* passaient dans les rues magnifiques et imposantes, mais
vides maintenant, brûlées sous les rayons du soleil et
couvertes de poussière; une vapeur ardente enveloppait la cité comme d'un drap mortuaire, et la grande
plaine, jaune et crevassée, semblait un immense bassin d'airain sous le bleu immuable du ciel.

Quant à moi, j'avais supporté sans souffrir des saisons semblables; mais j'étais inquiet pour elle. Et
pourtant elle ne paraissait s'apercevoir ni du temps
ni de l'aspect qu'avait pris la cité; elle était vaguement oppressée et restait couchée immobile pendant
des heures entières dans les chambres sombres, ou
bien se traînait au dehors avec effort, mais elle ne se
plaignait jamais. Elle avait toujours été indifférente
au bien-être; maintenant elle y était tout à fait insensible.

J'aurais voulu l'emmener loin de Rome pendant les
grandes chaleurs; mais, comme autrefois, elle ne
voulut pas quitter la ville.

« C'est ici qu'il viendra me chercher s'il veut me revoir, » disait-elle. Et moi, en pensant aux cruelles vérités qu'il avait prononcées, à la clarté de la lune, près du temple d'Agrippa, je me sentais froid au cœur.

— Oh ! mon enfant, ma pauvre enfant, vous vous tuez pour un rêve, » lui dis-je ; et je n'osai rien ajouter.

Elle sourit vaguement, d'un de ces sourires qui faisaient plus mal à voir que les pleurs des autres femmes.

« Dans votre rêve, ajouta-t-elle, l'Amour avait apporté les pavots, mais je ne comprends pas. Comment peut-on mourir quand ce qu'on aime vit encore ?

Être couché mort sous la terre froide et sombre, tandis que d'autres ?... »

Elle frissonna : tout ce qu'il y avait de Grec en elle reculait devant les horreurs chrétiennes de la tombe.

Avec lui elle eût marché au tombeau comme un enfant se rend vers sa mère ; mais sans lui... fût-elle gisante sous le sol ou murée entre les pierres d'une crypte, il lui semblait qu'elle se fût éveillée et levée triomphante.

Il était toujours sacré pour elle et plein de cette sainteté sublime qui enveloppe l'objet aimé de ce nuage divin qui voilait les dieux des anciens jours.

Celui qui peut aimer ainsi est heureux même dans sa solitude.

Elle resta à Rome tout l'été.

Un jour une pensée me frappa l'esprit. La matinée était peu avancée, l'air n'était pas tout à fait lourd, nous avions eu quelques ondées ; c'était une matinée éclatante et radieuse comme celle pendant laquelle je

m'étais endormi dans la galerie Borghèse : des brouillards roses se croisaient sur la montagne ; il y avait
de longues lignes d'ombre sur le fleuve, et de légers
nuages couraient devant la brise et promettaient un
peu de pluie au coucher du soleil.

L'idée me vint de la faire sortir au grand air tandis
qu'il était encore de bonne heure et de diriger ses pas,
sans qu'elle le sût, en traversant le Tibre, vers la
scala Regia du Vatican.

« Venez avec moi là-bas, dis-je, j'y ai affaire. » Et
elle vint sans m'entendre sans doute, car son esprit
était toujours si profondément plongé dans les mystères de sa joie évanouie, qu'il était facile de la con-
duire où l'on voulait.

Quelquefois je m'imaginais qu'elle n'avait pas re-
couvré toute sa raison ; mais j'avais tort : seulement
elle n'avait nuit et jour qu'une pensée.

On me connaissait bien au palais et les gardiens
avaient ordre de toujours me laisser passer.

Je lui fis monter les vastes escaliers qui semblent
être faits pour le palais d'Hercule, et je la conduisis à
travers les vestibules et les corridors solennels et silencieux où tous les arts de tous les siècles du monde
semblent si près de nous : depuis les couronnes d'or
des Étrusques jusqu'aux guirlandes de fleurs des élèves
de Raphaël. Je la conduisis dans ces galeries qu'elle
n'avait pas vues depuis les jours où elle y avait commencé à dessiner. Il était huit heures, il n'y avait
personne. Les vastes salles semblaient aussi innombrables que les siècles qu'elles gardaient comme embau-
més. Nous passâmes devant les sarcophages et les
pierres des tombes, puis devant les têtes colossales des
urnes cinéraires et devant les urnes de porphyre, d'a-

gate et de calcédoine, et ensuite devant les dieux au
regard profond et serein de la galerie Chiaramonti;
nous passâmes devant le Ganymède de Leucores et la
colossale Isis et près des presses à olives des Nonii, et
enfin nous arrivâmes à l'endroit où l'on avait placé ce
qui m'avait autrefois appartenu, entre un bassin de
jaspe d'Assyrie et le marbre jaune du Jupiter volsque,
près d'un buste de César en grand prêtre et de la lé-
gende sculptée d'Alkastis qu'Evhodus avait dédiée à
sa femme bien-aimée, Metilia Cicte. Car il y a un
amour qui vit au delà du tombeau. Là, mon Hermès
était en plus noble société et mieux abrité qu'avec
moi, sous ces voûtes élevées, au milieu de cette procession sans fin de dieux, de héros et d'empereurs;
mais quant à moi, voyez-vous, il me semblait que le
sourire s'était effacé des lèvres de la statue.

Elle me suivit dans la longue galerie, frissonnant
même par cette matinée d'été; elle ne regardait ni à
droite ni à gauche, mais dans le vague; car elle ne
voyait rien de ce qui l'entourait, ou du moins n'y
faisait pas attention, parce que tout souvenir de l'art
qu'elle avait adoré s'était évanoui en elle. Je lui mis
la main sur l'épaule et la fis s'arrêter devant le Mercure. Je lui dis :

« Regardez. Il était votre ami autrefois. Allez-vous
passer sans le regarder maintenant? »

Elle leva les yeux avec effort et les fixa sur la
statue.

La tête d'Hermès était légèrement inclinée comme
celle du divin Hermès du Belvédère.

Son regard sembla rencontrer celui de la jeune
fille.

Un frisson parcourut son corps. Elle resta immobile et contempla le beau et calme visage de la statue.

« C'est votre dieu grec, » dit-elle. Et soudain ce calme étrange, mystique et divin qui nous saisit à la vue d'une belle statue, depuis le Sphinx du désert jusqu'au dieu hellénique le plus parfait, sembla s'emparer d'elle.

La statue lui avait communiqué son calme.

Alors des larmes brûlantes emplirent ses yeux et coulèrent sur ses joues pâles.

« Autrefois, murmura-t-elle, moi aussi je savais faire parler le marbre. » Et son âme abattue se ranima et s'éveilla au sentiment de la force qu'elle avait perdue.

Elle ne demanda point comment il se faisait qu'Hermès se trouvait là, dans le palais des papes. Elle contemplait la statue; et l'on eût dit qu'elle y puisait la mémoire et la force, les désirs de l'art et les secrets de la création de l'artiste.

Ce désir du génie qui chez l'artiste ne meurt jamais complètement, et qui fait voir au peintre mourant des horizons dorés et des cités ravissantes, qui fait entendre au musicien des accords célestes, et fait rêver le poëte à des mondes au delà du soleil! Ce désir, cet instinct, se réveilla en elle aux pieds d'Hermès, d'Hermès qui avait vu tous ses efforts et veillé tous ses rêves, et qui avait été témoin de ces baisers passionnés qui avaient consumé son génie.

Elle s'assit près du piédestal de la statue. Moi je ne lui disais rien. Les rayons du matin inondaient la galerie dans toute sa longueur. Son visage exprimait l'étonnement douloureux de quelqu'un qui, après une longue fatigue et un long évanouissement, revient peu à peu à la vie.

C'est là surtout, dans la divine cité du Vatican (et

on peut l'appeler à juste raison une divine cité), c'est
là que s'éveilla l'âme de l'artiste. Là les pierres
sont empreintes de l'histoire d'Odysseus, et tout passage est une voie sacrée; là toute pierre remonte à des
années dont l'histoire est redite par des milliers de
voix; on peut y adorer l'Adonis blessé près du Christ
tenté de la chapelle Sixtine, et la sérieuse beauté
de la Sibylle y vit à côté de la grâce souriante de
Thalie couronnée de feuilles de lierre; le Jupiter
Maximus y fronce le sourcil en regardant les mortels
tirés de la poussière, et le Jéhovah qui a créé la femme
y rencontre le premier sourire d'Ève. C'est une cité
divine enfin, qui renferme dans ses salles innombrables,
dans ses cours de granit et de porphyre, tout ce que
l'homme a jamais pu rêver dans son espoir ou dans sa
terreur du Dieu inconnu.

Elle resta assise immobile pendant bien longtemps,
tandis que les rayons du soleil nous inondaient d'en
haut, et que les graves gardiens de la place passaient
et repassaient derrière les grilles. On n'entendait aucun bruit, si ce n'est le son de quelque fontaine éloi-
gnée qui coulait dans les jardins, au delà du palais des
Muses et de l'Apollon Musagète.

Soudain elle se leva et regarda encore la statue.

« Il y a plus de deux mille ans qu'elle vit, dit-elle,
et les hommes disent encore qu'elle est belle. J'ai
essayé de faire de lui une statue, afin que sa beauté
pût vivre toujours.

« Je veux encore essayer.

« Rentrons, dit-elle avec une vivacité que je
n'avais pas encore revue en elle depuis que je l'avais
ramenée sur les rives du Tibre; rentrons, je tra-
vaillerai dans la tour. Vous allez m'acheter du marbre,

le vieux marbre de Luno, le marbre étrusque, et j'essayerai. »

Alors pendant un instant, dans la solitude de Chiaramonti, elle s'appuya contre le dieu grec et toucha de ses lèvres ses beaux membres froids, comme elle avait fait des pierres du foyer de ma chambre.

« Il te caressait, dit-elle encore à la statue; dieu chéri, donne-moi la force. » Et nous nous en allâmes silencieusement à travers le Braccio Nuovo; nous passâmes devant le bronze d'Auguste, le vrai maître du monde, et devant la ruche de miel de Titus, et de là nous passâmes entre les colonnes corinthiennes et les piliers de granit rouge, foulant au pied les mosaïques éclatantes; puis, après avoir traversé de nombreuses salles et des corridors sans fin, nous nous trouvâmes au grand air, dans les jardins. La matinée était peu avancée et les oiseaux s'agitaient dans l'épaisseur des massifs de buis et des ilex ; des papillons bleus voltigeaient sur les vieilles tombes latines; les lézards couraient entre les haies d'orangers; çà et là un fruit tardif était tombé comme une balle d'or sur l'épais gazon.

Ces jardins sont comme des vallées pleines d'ombre et de parfums; derrière, comme une montagne, s'élève le grand dôme, qui avec le jour qui s'avance passe du blanc au pourpre.

« Dites-moi, dit-elle tout bas tandis que nous cheminions à travers les arbres, pourquoi Hermès est-il ici? Je ne me rappelle rien, seulement... »

Et tout en marchant entre ces deux murailles de feuilles et de rameaux, j'appelai à moi tout mon courage, et lui dis tout ce que j'avais fait et tout ce que j'avais souffert depuis le jour où j'avais vu les voiles blanches sur la mer.

Pour la première fois elle pleura pour nous et non pour lui.

« Oh! que je suis ingrate! murmura-t-elle! oh! pourquoi tant m'aimer, vous deux, pour qui je n'ai pas d'amour? »

J'entendais les oiseaux chanter dans les orangers, et les abeilles bourdonner au bord de la fontaine : mais ces sons résonnaient tristes et durs à mon oreille.

« Mon enfant, l'amour se donne et ne s'achète pas... voilà tout! »

XXI

Ce soir-là je fis un atelier de sculpteur dans la tour,
où j'avais apporté les argiles, les planes et les outils de
l'art glyptique, et le désir de créer entra encore en
elle : ce désir sans lequel l'âme de l'artiste est comme
une flûte que n'anime pas le souffle de l'homme, ou
comme un temple dont les dieux ont été renversés.

La passion qui l'avait consumée y trouverait au
moins une consolation, pensais-je, même si, comme
je le craignais, son génie ne pouvait revivre que
comme une fleur brûlée par le soleil de midi et
glacée ensuite par le froid de la nuit. Je ne savais ce
qu'il en résulterait, mais dans tous les cas, obéissant
à son désir, je plaçai près d'elle tous les matériaux
nécessaires à la sculpture et la laissai seule évoquer
ses visions. Hélas ! il n'y avait plus de visions pos-
sibles pour elle maintenant : à la lueur du soleil ou
dans les ténèbres, elle ne voyait plus que son visage ;
enfermée dans sa tour, où les pigeons seuls la voyaient
en volant près des hautes fenêtres pour se rendre à
leurs nids sur le toit, elle conversait avec cet art
qui pour elle n'était maintenant qu'une autre forme
de l'amour.

« N'entrez pas ici, me disait-elle, voulant dire dans
la grande chambre sous le toit, où le soleil brillait sur
l'argile et sur les pierres; quand je serai contente de
ce que j'ai fait, si je le suis jamais, je vous le dirai.
Mais cela m'échappe... » Et elle restait pendant des
heures entières à regarder dans le vague, essayant
sans doute de rappeler cette force qu'elle avait perdue,
ce pouvoir mystique de création qui ne se commande
pas plus qu'il ne s'explique.

Quelquefois j'avais peur de ce que j'avais fait : car
elle devenait plus faible et plus fiévreuse; elle ne voulait pas quitter la ville, dans cette chaleur torride,
pendant laquelle les chiens mêmes pouvaient à peine
se traîner à l'ombre dans les rues.

Des mois se passèrent, et elle resta enfermée pendant de longues journées avec les argiles inertes et
les marbres de Carrare, qui devaient rester à l'état de
pierre froide et inanimée jusqu'à ce que son génie les
fît parler.

Pendant tout ce temps, je ne voyais pas celui qui
s'était plu à lui enseigner les délices que renferment
les jours laborieux, et tous les secrets des arts qui
disent au bois et à la pierre ! « Racontez aux hommes les visions célestes que nous avons eues. » Il ne
me demandait pas, et je n'osais pas aller le voir.

Je voyais sa vieille mère, qui était devenue tout à
fait aveugle et qui frappait l'air de son bâton et me
disait : « C'est ainsi que je frapperais cette fille si elle
était ici. »

Un soir Giulio, le chef d'atelier, me dit : « Le maître
a été malade; nous avons eu bien peur. »

Il paraît que la fièvre de notre cité, qui n'avait
jamais frappé Maryx depuis le jour ou il s'était tenu

debout près des lions blancs du portique de la villa
Médicis, s'était emparée de lui pendant cet été brûlant et malsain.

La fièvre doit venir du sol sans doute, de notre sol
merveilleux qui, comme l'eau de nos sources et de nos
fontaines, ne change jamais quoi qu'il arrive et produit
une abondance si ravissante de feuilles et de fleurs,
sans doute parce que la terre a été saturée de sang,
et que tout y est pour ainsi dire un sépulcre. Le
gazon y est plus épais et les violettes plus parfumées
que partout ailleurs, et toutes les mousses pendantes
et humides ; les herbes et les fougères n'y sont, après
tout, si riches que parce qu'elles naissent des corps des
vierges, des martyrs et des héros et de ces multitudes
sans nom qui gisent sous la terre.

Le sang a dû pénétrer la terre à une profondeur
que ne peuvent jamais atteindre les racines d'un
arbre : dix mille bêtes étaient immolées dans le cirque
en un jour, sans parler des hommes. Quoi qu'il en soit,
cette fièvre, qu'Horace même craignait, est toujours
ici, et toujours terrible dans notre Rome, surtout
quand viennent les grandes pluies ; et à la fin, après
l'avoir laissé échapper pendant vingt-cinq ans, elle
avait frappé Maryx.

Mais il ne s'était jamais couché ; la fièvre l'avait
affaibli et miné, mais il résistait et n'appelait même
pas de médecin.

Je n'osais pas aller chez lui ; mais un soir, pendant
que j'étais assis à ma place, sous la lueur vacillante
de la lampe, que Palès dormait et que les habitants
du quartier étaient rassemblés çà et là, les uns
debout, les autres couchés, pour essayer de trouver un
peu d'air, bien qu'il n'y eût pas d'air sous ce ciel

étouffant, un soir, Maryx me posa la main sur
l'épaule. Il paraissait bien faible, et s'appuyait sur
une canne ; son visage était pâle et hagard, et les rides
de la vieillesse se voyaient déjà sur son visage, et
pourtant il était dans toute la force de l'âge.

Je me levai et le regardai, car devant lui je me
sentais toujours plein de remords comme un criminel, moi qui avais osé me mêler du sort et de ses
décrets.

« J'ai été bien affligé d'apprendre..., » commençai-je,
et je m'arrêtai sans pouvoir achever ma phrase

— Je le sais, me dit-il doucement. Oui, j'ai été
malade, mais qu'importe ! Pour la première fois, j'ai
été heureux que ma mère soit aveugle.

— Je n'ai pas osé demander à vous voir.

— Non. Je comprends. Hilarion est venu à Rome,
n'est-ce pas ?

— Oui, il y a bien des mois.

— Je le savais. Dites-lui que j'ai brisé mon serment pour elle. Je me suis enfermé chez moi. Si je
l'avais vu... »

Il s'arrêta... mais d'autres paroles étaient inutiles.

Je lui dis ce qui s'était passé entre Hilarion et moi
près de l'église d'Agrippa. Il m'écouta en silence, assis
sur le banc, que j'avais relevé. Le sang monta à son
visage, pâle de cette pâleur terrible des carnations
brunes.

Quand j'eus fini, il sourit tristement.

« Et voilà l'amour que choisissent les femmes !... »

Puis il se tut ; et à la lueur de la lampe, il me sembla
qu'il avait l'air plus sombre, plus fatigué, plus vieux
que quelques instants auparavant.

La haine de Maryx était trop profonde pour s'ex-

primer par des paroles, et au-dessus de sa haine s'élevaient la pitié infinie qu'il éprouvait pour elle et le
dégoût qui remplissait son âme.

Il restait assis, immobile, à la lumière de ma pauvre
petite lampe; la foule passait, mais il ne voyait rien,
et derrière lui l'eau tombait du mur et avait les
reflets de deux sabres qui se croisent.

« Je n'ai pas voulu promettre, murmura-t-il bien
bas; mais tant que je le pourrai, ma main restera
calme. Elle m'a dit que je n'avais pas de droit ! »
C'était ce qu'elle lui avait dit de plus amer : il n'avait
aucun droit, lui qui pour elle avait perdu la paix,
l'ambition, l'art, le bonheur, et qui pour elle eût perdu
sa vie et son âme même !

« N'a-t-elle besoin de rien ? demanda-t-il brusquement.

— De rien que nous puissions lui donner.

— Si je peux lui être utile, venez à moi. Sinon
laissez-la oublier que je vis, tant que vivrai. Cette
fièvre tue avec le temps, dit-on. Je ne me plaindrai
pas quand mon temps viendra. Bonsoir. »

Et sa main sèche et brûlante pressa la mienne, et il
s'en alla lentement, la tête baissée comme un vieillard.

Je pensai au jour où il était venu devant mon établi
d'un pas si ferme, avec des yeux hardis et brillants
comme ceux d'un aigle : ce jour où il avait pris dans
ses mains l'Amour sans ailes.

« Maryx est malade, dis-je à Giojà le lendemain.

— J'en suis bien fâchée, dit-elle; et elle parut triste.

— Ne voulez-vous pas le voir, lui dire quelque
mot de sympathie?

— Je ne le puis, pour être fidèle.

— Fidèle envers qui ne l'est pas ! »

Son visage prit cette expression de force et de résolution qui rendait ses traits délicats sévères comme
les traits d'Athéné à qui elle avait dédié sa jeunesse.

La rougeur d'une émotion profonde, qui chez une
autre eût été la honte, mais qui chez elle était plutôt
de la colère, couvrit son visage.

« Ce n'est pas une vertu que d'être fidèle ! C'est
un besoin de mon âme, je n'ai pas de mérite à ne pas
oublier. »

Sa foi en Dieu était dans l'âme des martyrs dont les
restes reposent dans la nuit éternelle de la Rome sou-
terraine. C'était une religion, un instinct, un paradis :
un paradis d'où le silence et l'abandon du dieu qui
l'avait délaissée ne pouvaient la chasser pour la plonger
entièrement dans l'ombre ; car l'amour profond et vrai
possède en lui-même une force qui le soutient, quand
il est privé de tout, comme ces plantes qui vivent sur
des ruines stériles brûlées par le soleil, et qui, dessé-
chées et sans abri, élèvent pourtant toujours des
feuilles vertes vers la lumière.

XXII

Il y avait peu d'évènements dans notre •viè enfermée dans l'atelier de la tour, sans jamais en bouger, et ne respirant l'air frais du soir qu'à travers ses fenêtres grillées, quand le soleil se couchait ou bien quand les étoiles brillaient sur l'azur foncé du ciel romain. Giojà continuait à travailler solitairement. Moi, je tirais l'alêne, et Palès, qui vieillissait, dormait plus longtemps et devenait de jour en jour plus hargneuse. Je ne m'occupais guère de mes voisins; pourtant bien des noces et bien des bières passaient devant moi, mais rien ne me touchait, et je ne pensais qu'à mon Ariane.

Un jour, environ un mois après que je l'avais conduite près d'Hermès à travers la galerie Chiaramonti, un jour que j'étais allé demandé de ses nouvelles, car la journée ne se passait jamais sans qu'Ersilia et moi nous y allassions, elle ouvrit la porte de son atelier et, descendant quelques marches, s'approcha de moi.

« Venez ! » me dit-elle. Et je sus alors qu'elle avait trouvé la force de composer quelque grande œuvre.

L'atelier était une grande pièce fort élevée, à dalles

de pierre et dont les fenêtres étroites s'ouvraient par le milieu ; les plantes qui croissaient sur le toit tombaient sur les barreaux des fenêtres, et les pigeons allaient et venaient dans l'atelier pendant toute la journée.

« Regardez, » me dit-elle. Et elle me laissa devant la statue qu'elle avait faite et taillée elle-même dans le bloc de marbre, et qui se tenait là devant moi, merveilleusement blanche sous les rayons du soleil, et qui semblait vivre, ou plutôt s'élancer dans la vie comme l'Apollon du Belvédère.

C'était, avec quelque changement dans l'attitude, la même statue qu'elle avait faite en terre à Venise et à Paris ; c'était Hilarion. A ses pieds jouaient un aspic et un singe, et il tenait à la main un oiseau mort qu'il regardait d'un air de fatigue et de doute.

Je restai silencieux et émerveillé : la beauté surnaturelle qu'elle avait donnée à Hilarion semblait être le signe du pardon absolu qu'elle lui accordait dans son cœur.

C'était une grande œuvre, qui l'eût été même à Athènes, et qui l'était bien plus encore dans notre siècle.

« Ah ! mon enfant ! m'écriai-je debout devant la statue. Vous n'avez rien perdu de votre génie ; les dieux sont encore avec vous. Vous avez encore le fil et l'épée. Louez le ciel de ces dons précieux. Si vous pouviez oublier, comme vous seriez grande encore.

— Grande ! répondit-elle en hochant la tête. A quoi sert votre grandeur ? Si je regrette quelque chose, c'est de n'avoir pas été une simple femme comme les autres ; peut-être ne m'aurait-il pas quittée ?

— Vous blasphémez contre vous-même, m'écriai-je.

Les dons des dieux sont plus grands que les charmes
d'un mortel. Laissez-le mourir, l'ingrat et le fou qu'il
est ! »

Ses yeux s'assombrirent, et son regard devint plus
triste et plus méprisant. Elle se détourna de moi presque avec aversion.

« Je n'ai créé cette statue qu'afin qu'il la vît, et que
d'autres pussent voir son visage quand moi je serai
morte : car c'est à lui qu'on pensera alors, et non à
moi. »

Elle se tut, et je me sentais l'envie de prononcer
d'amères paroles contre lui ; mais je n'osais pas et je
pensais à la Daphné de Borghèse et au laurier qui
sortait de sa poitrine, le laurier qui est toujours amer
et qui fait toujours souffrir quand il croît dans le
cœur d'une femme.

« Oh ! mon enfant, lui dis-je humblement, soyez
reconnaissante ; vous possédez les dons que des millions de mortels vivent et meurent sans jamais connaître. Ne soyez pas ingrate, le génie est une consolation.

— Pour tout, excepté pour une seule souffrance, dit-
elle bien bas, et des larmes mouillaient ses paupières.

— C'est beau, lui dis-je, et c'est grand. Et je ne
disais là que la simple vérité.

— C'est lui ! me répondit-elle.

— Quel nom allez-vous donner à votre statue ?

— Aucun... *Un poëte*... voilà tout !

— Vous la montrerez, n'est-ce pas ?

— Oui, pour qu'il la voie !

— Vous croyez encore qu'il reviendra ? »

Elle recula un peu, comme si elle se fût sentie
blessée.

« Non, il ne reviendra pas. Mais peut-être se sou-
viendra-t-il. Si seulement je pouvais prier comme les
femmes prient dans les églises, voilà tout ce que je
demanderais, et rien de plus.

— Mon Dieu! comment pouvez-vous pardonner
ainsi?

— Aimer, n'est-ce pas toujours pardonner? »

Un profond soupir entr'ouvrit ses lèvres, maintenant si pâles et pourtant si fières, si belles encore; elle
me quitta et me laissa seul avec la statue. Si ce n'eût
été son œuvre, je l'aurais frappée et maudite, et renversée à terre, comme Amphion avait brisé le modèle
d'argile à Paris.

Ce jour-là, j'allai voir Maryx. La fièvre l'avait
quitté avec les chaleurs de l'été et les dangereuses
pluies de l'automne; ses frissons et ses ardeurs avaient
cessé de le glacer et le brûler tour à tour. Mais il
était vieilli et affaibli et ne travaillait plus; il payait
ses ouvriers comme autrefois, mais ses ateliers étaient
fermés.

Je demandai à le voir et lui dis ce qui m'amenait.

« Vous m'avez prié de vous dire en quoi vous
pourrez lui rendre service, lui dis-je, vous le pouvez
maintenant. Je suis vieux, pauvre et obscur, je ne
puis rien; elle a fait une statue, voulez-vous l'aider à
la faire voir au public et aux connaisseurs? Je ne demanderais pas cela à un autre qu'à vous, après...
après... mais vous n'êtes pas comme les autres hommes! »

Sa poitrine se souleva et les muscles de ses joues
tremblèrent; mais il me pressa la main.

« Je vous remercie de me connaître assez pour me
parler ainsi. Tout ce que je puis faire, je le ferai. Elle

a été mon élève. Je lui dois bien un simple service comme celui-là.

— C'est une grande œuvre, lui dis-je. Il me semble que cela lui apportera peut-être de la glóire, et la gloire console. »

Maryx sourit tristement.

« Est-ce vrai ?

— Mais si la renommée ne console pas, elle peut au moins éveiller dans le cœur une autre passion : l'ambition, l'orgueil, le désir de perfectionner ; tout ce que l'artiste ressent, enfin. Laissez-la cueillir le laurier, si c'est possible. Cela vaut mieux que l'amour au moins.

— Elle le cueillera, » me dit Maryx, et il sortit avec moi. La nuit était froide et claire et les étoiles brillaient sur le fleuve.

« J'ai cueilli des lauriers, ajouta-t-il. Eh bien ! je changerais volontiers mon sort contre celui de ces mendiants qui se traînent à leurs misérables loges ce soir. » Je ne pus rien lui répondre.

Nous traversâmes la cité en silence ; il avait perdu sa force et sa souplesse de mouvements, mais il marchait la tête haute, et quelque chose de sa vigueur et de son énergie lui était revenu, puisqu'il s'agissait de la servir.

Sa tourelle était située bien loin de la colline d'Or ; Maryx n'y était jamais entré, mais j'avais les clefs de son atelier, et je savais qu'à cette heure-là elle dormait, ou du moins qu'elle était couchée et enfermée dans sa chambre, si elle ne dormait pas.

Sur le seuil de l'atelier je m'arrêtai, effrayé, car il me semblait cruel de l'amener là ; et pourtant il fallait bien qu'il vît la statue.

« J'hésite à vous la montrer, murmurai-je. Il vaudrait mieux peut-être, après tout, que vous ne l'ayez pas vue, bien que ce soit admirable : ce n'est qu'Hilarion. »

Son visage ne changea pas tandis que je le contemplais à la lueur sombre et jaune de la lampe.

« Ce ne pouvait être autre chose, je m'en doutais, dit-il. Ouvrez. »

Mes mains tremblèrent en mettant la clef dans la serrure ; j'avais peur. Si moi j'avais songé à prendre un maillet et à briser en mille pièces ce chef-d'œuvre, que ne pouvait-il faire, lui qui avait frappé la *Nausicaa* dans sa colère, et qui avait bien plus de raisons que moi de haïr cet Hilarion divinisé.

Il me retira la clef des mains et la mit dans la serrure.

« Que craignez-vous ? dit-il. Toucherai-je à la pierre quand j'ai laissé vivre l'homme ? » Il ouvrit la porte et entra. J'avais laissé la lampe allumée, une lampe qui se balançait à une chaîne placée au plafond, au-dessus de la tête de la statue. Les rayons de lumière dorée qui s'échappaient de la lampe tombaient et éclairaient la beauté sereine du poëte, tenant d'une main le rossignol mort, avec une expression de doute et non de regret.

Un violent frisson agita Maryx.

Je fermai la porte, et l'attendis au dehors.

Il me sembla que j'avais attendu des heures : ce n'étaient que des minutes sans doute. Quand la porte se rouvrit et qu'il sortit de la chambre, il était calme et son visage n'était que sévère.

« C'est un chef-d'œuvre, dit-il ; c'est merveilleux. Cette statue ne peut manquer d'être remarquée. Pour-

quoi me regardez-vous si étrangement? Que craignez-vous? Serais-je assez vil pour noircir le génie
que j'ai nourri?

— Vous pouvez arriver à tant de noblesse?

— Je ne vois là rien de noble. Dites-lui... non!
J'oubliais, il ne faut pas qu'elle sache que c'est moi
qui fais quelque chose pour elle; s'il en était autrement, je vous prierais de lui dire que son maître
la remercie. »

Et là-dessus il me quitta et sortit dans l'ombre.

Il me sembla que son pardon était plus grand encore que celui de la jeune fille, puisque la perte qu'il
avait faite était encore plus grande que la sienne.

Cette année-là, quand revint le printemps, le monde
des arts ne parla que d'une seule pièce de sculpture
que l'on voyait dans les salles où Paris expose les
muses rivales.

Devant cette statue du Poëte, les artistes, la foule
même s'arrêtait avec respect et extase.

« C'est l'œuvre de Maryx? demandaient les uns; et
les autres répondaient :

— Non! c'est plus grand qu'aucune des œuvres de
Maryx! »

Et devant le nouveau génie qui venait de s'élever,
on parlait légèrement et avec dédain du puissant génie qui avait été un géant dans le passé.

C'est ainsi qu'il fut récompensé !

XXIII

Ce soir-là, quand il fut parti et que je fus revenu pour éteindre les lumières et pour voir si tout était en ordre, il était près de minuit ; je la trouvai assise près de l'œuvre de ses mains.

Une longue robe blanche l'enveloppait de ses plis et tombait jusqu'à ses pieds. Ainsi vêtue, elle paraissait plus grande, plus pâle, plus belle peut-être que jamais ; mais sa beauté avait quelque chose de surnaturel : on eût pu la prendre pour la Sopistra du poëme de son amant, qui avait été élevée au-dessus de toutes les souffrances terrestres, à l'exception de ces deux douleurs suprêmes : l'amour et la mort. Elle s'assit sur le banc de bois placé près de la statue, et me fit signe de rester.

« Vous avez amené Maryx ici ? me demanda-t-elle.

— Oui, je vous croyais endormie.

— Je dors rarement. Je pouvais entendre vos voix dans ma chambre, mais non ce que vous disiez. Ce que j'ai fait lui semble-t-il bien ? »

Je lui racontai alors ce qu'il m'avait dit ; et la grande âme de Maryx semblait briller à travers mes paroles comme la lumière à travers une lampe d'albâtre.

Je vis qu'elle était profondément touchée. Ses yeux mélancoliques se voilèrent de larmes, et je vis trembler ses lèvres, qu'elle tenait toujours si résolûment fermées, dans la crainte que quelque reproche contre son amant ne s'en échappât.

« Il est trop bon pour moi, dit-elle enfin. Oh ! pourquoi ne suis-je née que pour faire souffrir les autres ?

— Non, mon enfant, il y a des souffrances qui sont pour nous plus douces que la joie. Maryx vous aime. »

Un frisson parcourut son corps, elle m'arrêta :

« Ne me parlez jamais d'amour. Une femme fidèle ne peut jamais penser à ce que d'autres, excepté un seul, peuvent éprouver pour elle.

— Je n'ai pas parlé de cet amour-là. Je veux dire seulement que son amour pour vous est assez profond pour lui faire oublier tout souvenir de lui-même, assez profond pour lui retenir la main parce que vous lui demandez de ne pas frapper : où trouver un amour plus noble, plus grand que celui-là ? »

Elle me demanda le silence d'un geste de la main.

« Il m'a reçue chez lui quand je n'avais ni ami ni espérance en ce monde, et il a été plein de bontés pour moi. J'ai été ingrate. Il m'a enseigné la force et les secrets de l'art, et je ne lui ai donné en retour que chagrin et ingratitude. »

Elle se tut pendant quelques instants, tandis qu'audessus d'elle s'élevait le chef-d'œuvre qu'elle avait créé. Depuis qu'elle était revenue à son art, la jeunesse semblait revivre en elle.

L'engourdissement et l'apathie qui avaient comme à demi paralysé son intelligence, avaient disparu :

et bien que ce fût l'amour et non l'art qui lui avait
donné la force, l'effort qu'elle avait fait avait ra-
mené l'inspiration.

Elle regarda la statue avec des yeux pleins de tendresse.

« Vous l'enverrez à Paris?

— A Paris? avant de la montrer ici?

— Oui, il ne vient pas ici, il ne la verrait pas. »

Une rougeur ardente colora son pâle visage, comme
toujours quand elle parlait d'Hilarion.

« Il saura que c'est moi qui l'ai faite... il le croira,
dit-elle après une légère pause, parce qu'il m'a vue
faire la statue de l'Amour, à Venise.

— Où est allé cet Amour?

— On l'avait emporté de Venise dans un vaisseau,
et le vaisseau coula à fond dans une tempête.

— Et la statue fut perdue?

— Oui ! »

Elle appuya sa tête dans ses mains, de sorte que je
ne pouvais voir son visage.

Elle ne m'avait jamais parlé de ce temps avant ce
soir-là. Je restais silencieux, pensant quel terrible
présage avait été cette statue perdue dans les profondeurs de la vaste mer.

J'aurais presque voulu lui dire tout ce qu'il m'avait
dit près du temple d'Agrippa, mais je n'osais pas;
elle croyait qu'il l'avait aimée, et je n'avais pas le
courage de lui dire : Ses premières caresses mêmes
étaient un mensonge.

« Et s'il lit votre message dans le marbre, lui demandai-je brusquement; s'il le lit, s'il en est touché.
Le laisserez-vous revenir... maintenant? »

Bien qu'elle eût la tête appuyée dans ses mains, je

pouvais voir la rougeur qui couvrait sa gorge et montait jusqu'à ses tempes.

« Ce serait différent maintenant, murmura-t-elle. Alors je ne savais pas... Je lui obéissais. Je ne savais pas que je m'avilissais à ses yeux. Quand vous m'avez parlé si amèrement à Venise, vous m'avez fait souffrir, mais je ne vous comprenais pas. Je ne compris vos paroles que lorsque ses amis, à Paris (il les appelait ses amis), m'envoyèrent leurs bijoux après son départ. Peu importe ce que le monde pense de moi ! mais être avilie à ses yeux ! »

Un sanglot violent souleva sa poitrine ; elle leva les yeux vers moi. Son visage était brûlant maintenant, et une douleur pleine d'indignation se peignait dans ses yeux.

« Écoutez ! Qu'est-ce que cela veut dire ? Qui peut comprendre les idées du monde ? Cette femme avec qui il vivait pendant qu'il était à Rome, elle est infidèle, cruelle et fausse ; elle l'a trahi comme elle a trahi son mari ; et pourtant il a été la revoir, et le monde ne la trouve pas coupable. Et moi qui à mon coucher comme à mon réveil ne pense qu'à lui ; moi qui n'ai pas une pensée qu'il ne puisse connaître ; moi qui suis à lui seul, toujours, dans cette vie et dans l'éternité, s'il est vrai qu'il y ait une éternité, je suis coupable, dites-vous, et il a cessé de m'aimer, parce que moi je l'ai trop aimé ! »

Je ne savais que lui dire.

Elle se tut ! il lui était tout naturel de souffrir : il était bien rare qu'un reproche contre lui ou contre le sort lui échappât. Elle se demandait en vain par quelle faute elle l'avait perdu : elle était trop loyale pour se dire que la faute avait été en lui-même.

« Faut-il envoyer la statue à Paris? » lui dis-je
pour ramener ses pensées à ses travaux.

Elle fit un signe affirmatif.

« Pourra-t-on la vendre si l'on nous fait des of-
fres.

— Oh! non... jamais!

— Il faudra qu'elle vous revienne alors.

— A moins qu'il ne veuille l'avoir.

— La lui donnerez-vous?

— Je lui ai donné ma vie!

— Faudra-t-il que j'y mette votre nom ou bien
allez-vous l'y inscrire là vous-même?

— Non, qu'on dise seulement que c'est l'œuvre
d'une élève de Maryx. C'est vrai.

— Maryx voudra que cette statue vous assure une
célébrité égale à la sienne.

— La célébrité! Je n'y tiens pas! »

Elle regarda encore une fois la statue.

« Autrefois il me semblait que j'aurais gagné quelque chose à l'immortalité de mon nom; mais je n'y
pense plus maintenant. Je demande seulement que mon
œuvre puisse lui parler à lui, voilà tout! Si seulement
le marbre pouvait lui dire fidèlement ce qu'il est
resté pour moi! Si l'on pouvait mettre son âme et sa
vie tout entière dans ce que l'on crée, et mourir de
corps pour ne vivre que dans son œuvre, tout près
de ce que l'on aime!

Elle entoura de ses bras les membres blancs de la
statue, y colla ses lèvres comme elle les avait collées
sur les membres d'Hermès, et appuya contre le marbre glacé son pauvre cœur brisé.

« Emporte ma vie avec toi, dit-elle, emporte-la-
lui! heureux marbre qui sera vu de lui; dis-lui que

je ne le maudis pas, que je ne l'accuse pas, que tout
oublieux qu'il est, je crois en son génie et en sa bonté
et que je ne lui fais pas plus crime de s'être lassé de
moi que je ne me fais un mérite de lui être resté
fidèle. »

———

XXIV

Quelques semaines après, les visiteurs du Salon à Paris s'arrêtaient pour admirer, entre un groupe de Louis Rochel et une figure de Paul Dubois, une statue dont le socle portait pour toute inscription ce simple nom : Giojà; rien de plus. Maryx avait dit à ceux que cela devait intéresser que le sculpteur était une femme toute jeune, et une de ses élèves à Rome.

La statue n'avait été dévoilée que depuis peu de jours, et déjà partout où l'on parlait d'art et où on le comprenait, ce chef-d'œuvre était l'objet d'une vive attention, il avait saisi par surprise un public fatigué, et son triomphe avait été instantané.

On y voyait quelque chose qui ne ressemblait nullement à ce que le monde était habitué à trouver dans la statuaire moderne; le mystère même qui enveloppait l'allégorie de la statue n'y ajoutait qu'un charme de plus. En quelques jours le nom de Giojà fut répété par mille bouches : ce nom si court et si doux, qui ressemblait si peu à sa destinée. Un indiscret avait dit qu'elle avait été le modèle de la *Nausicaa*, et l'on retourna curieusement voir la *Nausicaa*. On ne tarda pas à se rappeler la jeune fille romaine qui était avec Hilarion. »

Car, si le monde a la mémoire courte pour le bien, il l'a toujours très-fidèle pour ce qui peut faire du mal et endommager une réputation.

Il se trouva bientôt un ami complaisant pour faire arriver ces bruits aux oreilles d'Hilarion. Il courut au Salon.

« Regardez, lui dit un artiste, voilà la merveille de tout Paris : c'est parfait! Et l'on dit que le sculpteur n'est qu'une femme. »

Hilarion leva les yeux vers la statue; il devint très-pâle.

Il comprenait la parabole cachée dans le marbre.

Il lut le nom sur le piédestal de la statue, et ce nom l'émut profondément.

Il restait là devant la statue, sans s'occuper des plaisanteries de ses amis.

Et à mesure que le soleil illuminait le beau marbre de Carrare et éclairait le nom incrusté dans la pierre, il sentit une douleur qui n'avait jamais troublé son âme calme et froide.

« Qui pourrait m'aimer comme cela? pensa-t-il. Et il ajouta aussi : Misérables que nous sommes; ce n'est pas l'amour qui nous touche, c'est sa poursuite seule qui nous exalte et qui nous aiguillonne. »

Il comprit que cette œuvre n'était consacrée qu'à lui. Elle n'avait essayé d'arriver à la perfection que pour trouver place dans son souvenir.

Un peu plus tard, une femme lui parla de la statue.

« On prétend que ce beau poëte, c'est vous, lui dit-elle. Est-ce vrai? Qui peut vous aimer ainsi? Le pauvre oiseau mort n'est-il donc qu'une femme, comme Ædôn et Philomèle?»

Il répondit : « Oui, mais une femme innocente! la faute était à moi. »

Et sa conscience s'émut, et son cœur vola vers elle, et il la revit telle qu'il l'avait vue ce jour où il l'avait embrassée pour la première fois, et où toute tremblante elle s'était écriée :

« Ce sera ma vie tout entière ! »

C'était toute sa vie en effet. Ce n'avait été à peine qu'un été ou deux de la sienne à lui. Il eût acheté la statue eût-il dû donner la moitié de sa fortune; mais il apprit qu'elle n'était pas à vendre.

« Qui jamais aurait pu m'aimer ainsi ! se répétait-il à lui-même, qui aurait souffert comme elle en silence? »

Elle avait accepté son sort sans reproche, sans murmure; le message qu'elle lui avait envoyé dans le marbre, cette parabole de pierre le touchait plus que ne l'auraient pu faire les paroles les plus éloquentes. Le vague espoir avec lequel elle avait envoyé son ouvrage était un instinct juste et lucide. Il se souvenait; il se repentait presque.

Et partout où l'on comprenait les arts, le monde parlait d'elle et saluait en elle une grande artiste. Le laurier s'enfonçait dans sa poitrine comme une lance aiguë et était arrosé du sang de son cœur.

D'abord Hilarion essaya de faire taire sa conscience et se dit :« Son génie est avec elle; il la consolera avec le temps. De ce côté-là au moins je ne lui ai point fait de mal. »

Une nuit, ne pouvant résister à l'élan impérieux

qui le poussait, il lui écrivit et lui fit parvenir par mon intermédiaire ces quelques mots :

« Je suis indigne de ce que vous avez fait, mais je vous remercie. »

Je les lui donnai. Elle les arrosa de ses larmes comme les jeunes mères pleurent sur leur premier-né et le bénissent. A mes yeux ces mots, au contraire, étaient bien faibles et bien froids.

Je ne pouvais savoir ce qu'il avait éprouvé en les écrivant. Je l'appris de lui bien longtemps après, quand il n'était plus temps.

Ils contenaient peut-être ce qu'il avait jamais dit de plus vrai. Il sentait sa propre indignité, lui qui pendant toute sa vie s'était drapé dans la toge d'une vanité superbe et indifférente, et le sentiment de cette indignité le blessait, et le tourmentait.

Comme je l'ai déjà dit, il allait presque tous les matins contempler la statue, et pensait à la jeune fille, jusqu'à ce qu'enfin une grande honte et un grand regret entrèrent dans son cœur.

Il y a un ange qui n'apparaît qu'une fois dans la vie de la plupart des hommes ; il est rare que les hommes le reconnaissent, bien plus souvent ils lui ferment la porte de leur cœur. Dans tous les cas, cet ange ne vient qu'une fois. Il reconnaissait l'ange maintenant. Mais bien que la statue l'attirât et éveillât en lui des souvenirs et des regrets, il crut qu'il était trop tard, et ce regret qu'il éprouvait n'était pas de l'amour.

D'ailleurs il n'eût pas osé regarder dans ces yeux limpides qui voyaient les immortels, et dire : « Je ne vous ai jamais aimée ; » il ne pouvait pas non plus dire en toute sincérité : « Je vous aime ! »

Pourtant il songeait souvent à Giojà ; il se la figurait dans le silence et la solitude et dans un abandon plus triste que le veuvage; elle avait regagné une place dans son souvenir, et une vague inquiétude le poursuivait toujours.

Il eût oublié une morte ; mais cette femme vivante dont le monde parlait et qu'il avait couronnée, cette femme qui possédait le suprême pouvoir de l'art et qui jetait son génie à ses pieds pour ne le dédier qu'à lui, cette femme lui apparaissait avec persistance, comme une ombre inquiète dont le silence résigné était un reproche plus éloquent que toutes les récriminations, et il se redisait sans cesse : « Quelle autre pourrait m'aimer ainsi ? »

Il y a des hommes que la certitude de la possession complète rend indifférents. A quoi bon veiller sur ce qui ne peut vous échapper? A de tels hommes il faut l'aiguillon du doute, la crainte d'un rival : c'est pourquoi les femmes fidèles sont impuissantes à inspirer un attachement durable, et pourquoi aussi les courtisanes réussissent. Hilarion était un de ces hommes : la consécration qu'elle lui faisait de son âme et de son corps, au lieu de les resserrer, ne faisait que dénouer les liens qui les avaient unis.

Une jalousie vague et indéfinie qui s'élevait maintenant dans son cœur contre Maryx ramenait ses pensées vers elle comme ne l'eût jamais pu faire l'idée qu'elle ne vivait et ne voudrait mourir que pour lui.

Il ne savait pas que Maryx ne l'avait jamais revue. Il ne savait pas qu'elle avait refusé de voir son maître, et que Maryx lui-même redoutait de s'approcher d'elle.

Il avait entendu parler de Giojà comme l'élève de Maryx; il entendait les artistes unir leurs deux noms:

une vague irritation, qui ne méritait pas d'autre nom, s'emparait alors de lui ; il savait qu'ils étaient tous deux à Rome.

C'était en voyant l'amour de Maryx pour elle qu'il avait songé à la faire succomber à sa passion. En cette occasion, les rapports qu'il devait y avoir entre elle et Maryx, l'art qu'ils cultivaient tous deux, traits d'union naturels entre leurs penchants et leurs aspirations, lui causaient un ennui constant qui n'était pas même de la jalousie, parce qu'il la connaissait trop bien et l'aimait trop peu pour être jaloux.

Il savait qu'elle lui serait toujours fidèle, mais malgré cela il n'aimait pas à penser qu'il y en avait un autre qui lui avait offert cette loyale tendresse, ce dévouement que sa passion n'avait jamais connus. Il savait bien qu'elle vivrait et mourrait seule, mais il lui répugnait de penser qu'un autre, plus grand que lui, la consolait dans sa solitude.

Il se méprisait pour cela ; mais quand le monde parlait d'elle et disait : « C'est une élève de Maryx, » il éprouvait une impatience dédaigneuse ; quand on disait : « C'était la maîtresse d'Hilarion, » il éprouvait une sorte de fierté satisfaite.

Il savait que de tels sentiments étaient vils, si vils même que chez un autre il les eût condamnés comme les sentiments d'un lâche. Et pourtant son âme avait ces bas fonds.

Quelquefois quand il se tenait devant la statue, sous les rayons brillants du soleil du matin, il pensait avec plus d'un remords à cette jeune vie qui était pure comme la lumière du jour jusqu'à ce qu'il l'eut troublée, et sa conscience lui faisait de sourds reproches, parce qu'à cause de lui il y aurait toujours sur l'éclat de sa gloire l'ombre épaisse des jugements du monde.

Maryx était aussi à Paris.

Il n'avait pas voulu céder à un autre la tâche de s'occuper de son chef-d'œuvre, ni laisser échapper une seule occasion de pouvoir la servir. Il relevait la tête, il se sentait ému, quand il lisait et entendait dire que l'œuvre de la jeune fille était plus grande que ce qu'il avait fait (car le monde est changeant et infidèle envers ses propres idoles).

Il était heureux de penser que par lui l'art pourrait la consoler : l'art, ce divin Dionysos qui était venu dans la solitude de Naxos, et qui pourrait peut-être faire éclore pour elle des fleurs sur le roc aride.

Quand le sort de la statue fut certain et que Paris, c'est-à-dire le monde entier, en parla, Maryx nous revint.

« Veut-elle me voir maintenant? » me demanda-t-il.

Je lui répondis affirmativement.

Il avait fait froid pendant la journée ; des lampes qui se balançaient, retenues par des chaînes, répandaient une lumière vague dans son atelier quand il y entra ; elle se leva et s'avança vers lui. Je le vis frissonner et se reculer involontairement ; puis il reprit son empire sur lui-même.

« J'ai fait ce que j'ai pu, » lui dit-il, et sa voix sembla s'arrêter dans son gosier.

Elle leva ses yeux vers les siens.

« Vous ne voulez plus me parler de vengeance?
— Non. »

Alors elle lui prit la main.

« Vous êtes mon maître et mon ami ; je vous remercie. »

Il frissonna à son contact, mais sa grande âme resta calme.

« Mon enfant, vous n'êtes plus mon élève, » lui dit-il avec un sourire! — Oh! le courage qu'il y avait dans ce sourire. — Vous êtes plus grande que moi. Le monde le dit.

— Le monde se trompe, répondit-elle ; si j'ai quelque valeur, c'est par vous seul, je ne l'oublie pas.

— Non! par Athêné! » Et il essaya de sourire encore.

Ils causèrent quelques moments. Il la quitta bientôt.

Rester près d'elle était au-dessus de ses forces. Nous descendîmes ensemble les sombres escaliers et sortîmes dans l'ombre de la nuit.

Nous nous rendîmes en silence vers les rives du fleuve.

« Elle a l'air malade, me dit-il brusquement.

— Oh non! non! lui dis-je avec une vivacité fiévreuse. Elle dort rarement, je crois, et maintenant que la statue est partie, sa vie semble s'être en allée avec elle. Mais voilà tout !...

— En êtes-vous bien sûr? » dit-il et il continua de marcher en silence.

Nous arrivâmes près du Tibre, éclairé par les rayons de la lune.

« Est-elle vraiment si célèbre à Paris? lui dis-je en regardant à ma fenêtre, où elle se tenait autrefois au milieu des fleurs, pour contempler le fleuve par une nuit semblable.

— Oui ; on l'a beaucoup admirée à Paris et l'on dit qu'elle a un grand génie... Et l'on ajoute! C'était une des maîtresses d'Hilarion. Voilà ce que l'on dit presque toujours.

— Et pourtant nous le laissons vivre !

— Elle le veut. Avons-nous le droit de la rendre encore plus malheureuse qu'elle n'est déjà ? »

Je ne lui répondis pas. Mon cœur se serrait.

Maryx s'était arrêté au bord de l'eau et en contemplait la sombre limpidité.

Les rayons de la lune tombaient sur les mèches de cheveux grisonnants qui couvraient maintenant son front, et sur les rides dont ces quelques années avaient marqué ses joues. Il était perdu dans ses pensées.

« Il y a encore un espoir pour elle, » se dit-il à lui-même. Puis, s'adressant à moi :

« Demain matin, je repars pour Paris ! »

Il traversa le fleuve et se rendit à son habitation sur la colline de Janus.

Il entra dans une chambre et s'y enferma ! C'était là qu'elle avait travaillé, et là aussi que se tenait l'Apollon Citharœdus.

Qui peut dire combien il lutta et pria dans cette salle, et à quels dieux s'adressèrent ses prières ?

Mais quel que fût son dieu, Maryx sortit de là plein de force pour aller accomplir un sacrifice plus grand que cet amour du sacrifice qui amenait les hommes à Rome pour souffrir le martyre. Quand l'aube grise éclaira le ciel, alors que la cité qu'il aimait était encore tout enveloppée des brouillards du matin, il quitta le ravissant séjour qu'il s'était bâti sous les cyprès et parmi les myrtes, et sortit des portes de Rome.

XXV

Deux jours après il arrivait le soir à Paris. Il alla droit chez Hilarion. Il était sept heures ; les gens de la maison le connaissaient bien, et on le laissa entrer sans lui faire de questions et sans difficultés.

Les domestiques le firent entrer chez leur maître, qui était seul dans sa chambre. Autour de lui s'étalaient tous les mille riens que son goût luxueux et original avait amoncelés.

Le parfum des fleurs, pour lesquelles il avait une tendresse toute féminine, remplissait l'air, et on les voyait s'épanouir sur la vieille armure, sur les vieilles sculptures des boiseries, sur les cheminées et sur les tables.

Hilarion parut surpris en voyant le visiteur qui était entré ; mais il avait toujours un mot gracieux de bienvenue pour un ami, et même pour un ennemi.

« Il y a bien des années que nous ne nous sommes rencontrés, dit-il en allant vers Maryx ; je suis content de vous revoir. »

Il s'arrêta alors : car, même pour lui, il n'était pas facile de tromper Maryx par de belles paroles ; il ne pouvait non plus se méprendre à l'éclair qui jaillit un instant des yeux ardents qui rencontraient les siens.

« Nous ne pouvons plus être amis, » dit Maryx ; et pourtant il s'approcha et se tint près du foyer. J'ai à vous parler sérieusement.

« Crispino avait été à Venise avec l'intention de vous tuer, ajouta-t-il lentement ; le jeune Grec vous a guetté ici nuit et jour ; j'avais juré moi-même votre mort ; et pourtant vous vivez encore, parce qu'elle nous a demandé de vous laisser vivre. »

Hilarion se taisait : il n'éprouvait nulle haine ; brave lui-même, il ne ressentait aucune colère de cette indignation qu'il savait légitime.

« Vous me faites penser à la *Devotio* des Romains, dit-il avec un léger sourire. « Les hommes voués aux dieux infernaux vivent longtemps. »

Maryx comprima la colère qu'il ressentait : il avait pris des forces surnaturelles pour accomplir un dernier et suprême sacrifice ; il se contint.

« Écoutez-moi, dit-il encore avec calme. Nous avons tort, et elle a raison. Vous tuer ne serait pas lui rendre service. Je ne suis pas venu pour la venger ; elle a dit vrai : je n'ai aucun droit de le faire. Si elle l'eût voulu, ma main n'eût pas attendu jusqu'à aujourd'hui ; mais puisqu'elle vous pardonne, ce n'est pas à nous de la rendre plus malheureuse encore par une vengeance dont elle ne veut pas. »

Hilarion l'interrompit.

« N'avez-vous aucun droit ? dit-il avec son plus froid sourire ; en êtes-vous sûr ? Il me semble que vous l'aimiez !

— Oui, et je l'aime encore. »

Il n'ajouta rien à ces mots, et un profond silence s'établit.

La respiration de Maryx était oppressée. Pendant tout ce temps il n'avait point regardé Hilarion : il n'osait le faire, craignant que la haine profonde qui remplissait son âme ne l'emportât sur la résolution qui l'avait amené.

« Oui, je l'aimais, reprit-il. Je lui aurais donné la paix, l'honneur, mon nom : tout ce qu'un homme peut donner enfin ; voilà pourquoi j'ai le droit de vous parler. Écoutez-moi. Je vous eusse tué, comme l'eût fait son père s'il eût vécu. Laissez-moi vous parler comme ne l'eût pu faire son père. Je ne suis pas moraliste, et je ne veux pas vous lire une homélie. Je ne veux pas vous dire la vérité telle que je la sais. Elle vous aime d'un amour si profond que la terre n'en a jamais eu de semblable. Des hommes d'honneur et des amants fidèles demandent en vain une passion comme celle-là ; et vous !... Ne m'interrompez pas ! vous devez bien savoir que ce que vous avez fait était l'acte d'un lâche, puisqu'elle était sans défense et n'avait pas d'autre dieu que vous. »

Les yeux sereins d'Hilarion s'allumèrent d'un feu soudain; mais il les baissa et resta muet.

« Personne ne peut vous dire combien elle a souffert et combien elle vous pardonne, dit Maryx; c'est pourquoi je suis venu vous le dire, moi. Pour elle, il faut que vous le sachiez. »

Alors il lui raconta tout ce qu'il savait, depuis le jour où elle avait perdu la raison, quand la figure en terre qu'elle avait faite gisait à ses pieds, brisée en mille pièces sous les coups d'Amphion, jusqu'au moment où, trois nuits auparavant seulement, elle lui avait dit : « Vous ne voulez plus parler de vengeance ? »

Il lui en aurait moins coûté de se frapper au cœur que de raconter l'histoire de cette passion que rien ne pouvait faire changer ; mais il raconta tout ce qu'il savait, sans faiblir, et sans rien cacher de la vérité.

Hilarion l'écoutait en silence, appuyé contre la cheminée de chêne , la tête et les yeux baissés.

Il pâlit en entendant combien elle avait souffert physiquement, car c'était toujours ce qui le touchait le plus. Avec son intelligence profonde et variée, il y avait dans ses sentiments quelque chose de superficiel qui l'empêchait de comprendre les douleurs morales.

« Pourquoi Crespin ne m'a-t-il rien dit de cela? murmura-t-il, quand Maryx eut fini.

— Il ne vous en a rien dit, craignant qu'en l'apprenant, vous ne retourniez vers elle; moi, je vous le dis pour que vous y alliez. »

Hilarion se taisait. Il ne pouvait comprendre cette générosité qui le blessait et l'humiliait.

« Jamais femme n'a pu vous aimer autant que cette femme que vous avez abandonnée comme je ne voudrais pas abandonner un chien, » dit Maryx.

Quelque chose de son éloquence ardente d'autrefois lui revint, et sa voix s'éleva et devint plus vibrante, à mesure que son courage accomplissait le sacrifice qu'il s'était imposé pour elle.

« Avez-vous jamais pensé à ce que vous avez fait? En tuant l'art dans une âme, vous avez commis le meurtre le plus cruel qui puisse se commettre sur la terre. D'autres natures plus faibles que la sienne pourraient oublier ; mais elle, jamais. Sa gloire ne durera pas plus que la beauté de la rose, car elle ne voit que vous et ne représente que votre image. Elle ne peut plus rêver; elle ne peut que se souvenir. Et savez-vous ce que c'est pour un artiste? C'est être aveugle et fatiguer le monde. Le monde n'a pas plus de pitié que vous. Vous croyez qu'elle est consolée, parce que son génie ne l'a point quittée? Vous êtes poëte! Ne savez-vous pas que le génie n'est qu'une puissance de plus pour souffrir et se souvenir plus longtemps? Vous vous dites qu'elle aura la gloire, qui la consolera comme le dieu consola Ariane. Peut-être; mais sur cette gloire, quelque grande qu'elle soit, se répandra toujours l'ombre du mépris du monde. Elle marchera à la lumière du triomphe, dites-vous, et par conséquent vous ne lui avez pas nui; mais ne voyez-vous pas que plus la lumière l'inondera de ses rayons, plus les yeux du monde chercheront la tache ineffaçable dont vous l'avez souillée? Les hommes pardonnent-ils la force chez une femme, et les femmes pardonnent-elles le génie chez l'une d'elles? C'est son génie qui vous a donné tant de pouvoir pour blesser, flétrir et détruire. Tant que l'on parlera de son nom, le déshonneur s'y attachera, et sa célébrité comme artiste ne fera que mettre davantage en relief sa honte comme femme. »

La voix lui manqua un instant, et il s'arrêta pour respirer avec effort. Une légère rougeur de colère, encore plus de honte, monta au visage d'Hilarion.

Ce qu'il y avait en lui de noble s'était éveillé et s'était ému; ce qu'il y avait en lui de vain et d'indigne était blessé et irrité.

« Je ne vous comprends pas, murmura-t-il; que voulez-vous que je fasse?

— Comment? Vous savez bien pourtant que pendant que Paris salue en elle une grande artiste, il raconte aussi l'histoire de son déshonneur, de son abandon. »

Hilarion s'agita d'un air embarrassé.

« Je le sais. Elle est restée ici un hiver avec moi. Est-ce ma faute? Si la statue ne m'avait pas tant ressemblé, Paris ne se serait pas souvenu.

— Voilà tout ce que vous dites?

— Oui, il n'y a que cela à dire; le monde est distrait, il est insouciant et, si elle oubliait, il aurait bien vite oublié aussi. »

— Oh! mon Dieu! » s'écria Maryx.

Il lui semblait voir, comme autrefois, une jeune et belle vie sacrifiée à quelque dieu de pierre dont les yeux immobiles ne pouvaient voir les angoisses de l'agonie de la victime.

« Mais elle n'oubliera pas! vous l'ai-je donc dit en vain? cria-t-il; et sa voix s'éleva, semblable aux roulements du tonnerre, au milieu du silence. Elle n'oubliera pas! que Dieu ait pitié d'elle! Mais vous avez été son amant et son seigneur, son roi, le seul dieu qu'elle connaisse, la honte de sa vie et pourtant sa gloire. Et vous n'avez pas pitié d'elle. Quel cœur bat donc dans votre poitrine? N'êtes-vous donc pas né d'une femme? Vous l'aviez trouvée heureuse et innocente, et pour votre plaisir et votre vanité, vous avez tout détruit; et par vous ses rêves et sa jeunesse ont péri, et vous ne savez que dire : Elle devrait oublier. Les hommes peuvent-ils donc oublier comme ils veulent.

— Je le puis, moi, » dit Hilarion. Et il mentait.

« Vous vous en vantez, » dit Maryx, dont la douleur s'éleva alors jusqu'à la furie. Et il avait peine de s'empêcher de saisir à la gorge l'homme inerte qui se tenait devant lui.

Il se contint pourtant et reprit :

« Voyons, écoutez-moi encore un instant; vous connaissez son génie, sa beauté, sa grâce; vous savez
combien elle est pure et parfaite, sans autre souillure
que celle que vous-même... » Hilarion fit un mouvement qui empêcha Maryx d'achever sa phrase. « C'est
étrange sans doute, reprit-il, ce que je vous dis là, et
je ne sais pourquoi je suis venu, ni quelle naïve illusion me pousse à faire appel à votre conscience émous-
sée. Encore une fois, réfléchissez. Vous connaissez si
bien sa candeur et son innocence que vous avez avoué
combien elles vous avaient fait honte et fatigué par
leur perfection. Elle est belle comme le matin; elle èst
à vous à la vie et à la mort. Que voulez-vous de plus?
Revenez à elle. Ne voulez-vous donc pas rendre l'honneur à celle que vous avez perdue? Ne voulez-vous
pas réparer le tort que vous avez fait? Êtes-vous donc
sans pitié? Si vous êtes insensible à un amour semblable, vous êtes plus froid que le marbre dans lequel elle a représenté vos traits! Elle a fait de vous
un dieu! mais j'ai peur que vous ne soyez pas même
un homme. »

Hilarion l'écoutait en silence, toujours les paupières baissées et le visage coloré de cette légère rougeur causée moitié par la honte, moitié par la colère.

Il était ému dans les sentiments les plus intimes
de son être; mais ces sentiments n'étaient pas chez
lui profonds comme chez l'homme qui l'implorait, et il
y avait longtemps qu'ils avaient été étouffés par le
bourbier de la vanité et de l'égoïsme.

Son cœur battait avec force; il était plein de douleur, de repentir même; il pensait à la jeune tête qui
s'était reposée avec tant de confiance sur sa poitrine,
comme une colombe sur son nid le plus sûr; il sen-

tait les caresses de ses mains si faibles quand elles reposaient dans les siennes, si fortes quand il leur fallait soulever l'épée d'Athêné.

Tout ce qu'il y avait en lui de virilité, de tendresse, de valeur, eût voulu se laisser aller avec amour au mouvement généreux qui l'agitait; mais tout ce qu'il y avait en lui de vanité, d'égoïsme de faux amour-propre éveillé par la censure le faisait se roidir contre l'émotion.

L'impétuosité de son tempérament l'emporta. Son orgueil se cabrait, les conseils l'humiliaient, et la cruelle moquerie qui souvent s'emparait de lui comme un démon l'eût possédé, et était plus forte que lui, le poussa à cette heure à faire ce qu'il savait être une infamie.

Il leva les yeux lentement, d'un air de mépris et sourit.

« Vous dépensez en vain votre éloquence, dit-il; vous l'avez aimée; vous l'aimez encore. Consolez-la vous-même. »

Maryx le souffleta.

XXVI

A un soufflet il n'y a qu'une seule réponse, dans notre patrie du moins.

L'aube blanchissait à peine le ciel que déjà ils se rencontrèrent sur le terrain. L'atmosphère était grise, calme et froide. Ils ne dirent pas un mot.

La première balle d'Hilarion frappa Maryx en pleine poitrine. Maryx, lui, avait tiré en l'air.

Il se tint un moment debout, la face tournée vers le soleil levant, puis tomba en arrière, et dans sa chute sa tête frappa contre le gazon. On l'entendit dire en tombant :

« Elle m'a demandé de ne point lui faire de mal. J'ai tenu ma promesse. »

Puis il resta immobile, et le sang commença à s'échapper de sa bouche.

La main nerveuse et délicate qui avait fait naître des rocs tant de ravissantes et majestueuses créations, se tenait crispée aux herbes humides dans les convulsions de l'agonie ; un instant après elle lâcha les herbes et resta immobile, la paume en l'air, pour ne plus jamais créer, jamais obéir à la volonté de l'âme et de l'esprit.

Le soleil se levait lentement sur les collines basses. Il poussa un soupir quand le sang l'étouffa, puis étendit ses membres comme un pèlerin fatigué : il était mort.

XXVII

Et la vieille mère aveugle récitait son chapelet en l'attendant, et disait dans ses prières :

« Mère de Dieu, faites qu'il revienne bientôt, car en entendant sa voix il me semble que je vois un peu et qu'il ne fait pas tout à fait si noir autour de moi ! »

J'étais assis à ma place près du pont ; il était midi, les eaux avaient les reflets du satin sous les rayons du soleil, quand j'entendis raconter le récit de sa mort. Ce fut Giulio qui m'apporta la triste nouvelle ; il descendit comme un fou la colline d'Or, ses cheveux blancs flottant au vent, la tête nue, et les yeux tellement égarés qu'on eût dit qu'ils allaient sortir de leurs orbites.

« Le maître ! le maître ! » cria-t-il ; et pendant longtemps il ne put dire autre chose ; il ne pouvait que regarder le ciel et balbutier le nom de Maryx.

Quand je me levai et que je compris ce qui était arrivé, je crus que le Tibre roulait des flots de sang et que Rome était ébranlée par les convulsions d'un tremblement de terre.

Maryx était mort !

Il me semblait que la terre tout entière devait gémir, et que les chiens mêmes des rues devaient pleurer.

Pourquoi avais-je brisé mon poignard à Venise? Je maudissais mon imbécillité et ma faiblesse, je maudissais la mère qui m'avait porté.

« C'est moi qui l'ai tué, oui, c'est moi! criais-je tout haut à la foule terrifiée. La fortune l'avait béni pendant vingt-cinq ans, et moi je lui avais demandé ce jour-là de s'arrêter pour regarder l'Amour sans ailes. »

Je me rappelle quel éclat avait le soleil de midi et avec quelle fraîcheur la brise soufflait de la mer; les petits oiseaux chantaient, les hirondelles et les pigeons voletaient en effleurant les eaux; et lui, il était mort, lui dont les pensées et les travaux avaient été forts comme Hercule et beaux comme Adonis.

Il était mort! sa grande âme s'était évanouie comme la flamme de la lampe qu'il avait renversée.

On ne put trouver personne qui osât porter la sinistre nouvelle à sa mère; car moi, on m'a dit que j'étais fou alors, comme je l'avais été le jour où j'avais vu la voile blanche s'effacer dans la mer.

Je l'avais tué : voilà ce que je voyais écrit partout : sur le ciel comme sur un vaste rouleau de parchemin, et dans les rues comme sur des tablettes de pierre.

Une foule d'étudiants et de pauvres passa rapidement près de moi sur le pont. Ils se rendaient tous à la maison de Maryx, là où se trouvaient les sculptures et les rossignols, pour savoir si la nouvelle était bien vraie. Je me mis sur leur passage et leur criai :

« Jetez-moi dans le Tibre, c'est moi qui suis son assassin. C'est moi qui le premier lui ai fait voir son visage. »

Ils ne me comprirent pas; ils me repoussèrent; je tombai et je sentis que quelques-uns me foulaient aux pieds en poursuivant leur course. Quand je me relevai, blessé et meurtri, une pensée soudaine traversa mon cerveau encore troublé.

Celle pour qui il était mort ne doit rien savoir. Oh non! Et pourtant comment lui cacher cette mort que Rome pleurait? comment empêcher de parvenir à son oreille les lamentations de tout le monde de l'art?

Je me traînai vers la maison de la colline d'Or. Pourquoi? je ne sais. Mais tout Rome y allait; une multitude immense se tenait aux grilles, et ses amis emplissaient les vertes allées des jardins.

La vieille femme aveugle qui attendait dans la maison entendit le bruit des pas et secoua la tête.

« Voilà les princes qui viennent le chercher, sans doute. » Et alors, car elle était un peu tombée en enfance, elle envoya ses servantes au dehors en leur disant : « Allez leur dire qu'il n'est pas ici, mais qu'il reviendra ce soir; oui, ce soir. Je lui ai dit de ne pas rester longtemps. »

Et l'on ne pouvait trouver personne qui osât lui dire la vérité. Et quand enfin un prêtre lui annonça son malheur, elle ne voulut pas y croire. Elle secoua la tête.

« Mort avant moi! Non! non! Dieu est bon! »

Et quand le prêtre insista avec tristesse, elle ne voulut pas écouter.

« Voyez-vous, lui dit-elle, le marbre les a tous tués, et le marbre lui a pris l'âme; mais Dieu ne voudrait pas prendre aussi son corps. Non! parce qu'alors je serais seule : Dieu est trop bon pour cela. »

Et elle se remit à dire son chapelet; et l'on ne put

lui faire croire la vérité, puisqu'elle était sûre que
Dieu était trop bon pour la frapper ainsi.

Je me traînai jusqu'à mon échoppe, frissonnant à
la chaleur ardente de l'été.

Le soir, j'envoyai le jeune Grec, qui ne vivait que
pour lui rendre les services qui étaient en son pouvoir, dire aux gens de Giojà que j'étais malade et que
j'irais la voir le lendemain, et je priai aussi le jeune
garçon de dire à ceux qui l'entouraient de ne pas lui
laisser savoir la vérité.

Je ne craignais nullement qu'elle sortît dans les
rues. Elle sortait rarement; lorsqu'elle voulait respirer l'air, elle avait le grand jardin de son habitation, dont elle ne passait jamais les grilles.

La nuit se passa et une autre nuit succéda au jour.
J'envoyai le jeune Grec lui dire que j'étais encore
malade et que je ne pourrais traverser la ville de plusieurs jours : je sentais qu'il me serait impossible de
la regarder et de penser à lui et de rester calme, et
certes la vérité l'eût tuée. Je ne savais que faire.

Il me semblait impossible que la terre pût contenir
tant de souffrances et pourtant continuer sa course à
travers l'air, autour du soleil, et ramener les saisons
une à une, et voir chaque jour des naissances d'enfants.

Le troisième jour, on rapporta son corps à Rome.
De grands artistes l'accompagnaient. On déposa la
bière dans la salle du nord, sous l'Apollon Citharœdus.

On était au milieu de l'été. Au dehors, sous les
arbousiers et les lauriers, ses rossignols remplissaient
l'air de leurs mélodies, ses roses s'épanouissaient et
ses colombes dormaient sous les feuilles, ses aloès tiraient dans la nuit de nouvelles lames de leurs four-

reaux; les rayons du soleil et ceux de la lune se jouaient tour à tour sur les pavés de marbre; les oiseaux chantaient toute la nuit, les oiseaux qu'il avait tant aimé à entendre, et lui gisait mort dans son cercueil de plomb, sous l'Apollon au luth. Les habitants de la cité étaient accourus et se tenaient aux abords de la maison, pleurant et gémissant, car Rome tout entière l'avait honoré.

Ses aumônes avaient été aussi abondantes que les parfums de l'été; jeunes et vieux pleuraient ensemble et disaient : « Être dans le besoin, c'était être son ami. » Mais ni les lamentations du peuple ni le chant des rossignols ne pouvaient parvenir à son oreille.

Mort, et tué par Hilarion ! Voilà ce que je me répétais sans cesse, agenouillé au seuil de la salle, près de Giulio; et pourtant il me semblait que c'était impossible; il me semblait que si c'eût été vrai, la terre eût dû s'arrêter et le soleil s'obscurcir incontinent.

Des cierges brûlaient autour de la bière; les volets étaient fermés; nous entendions chanter les rossignols; sa vieille mère, assise dans sa chambre, disait son chapelet et répétait : « Mort ! Non... jamais. Dieu est trop bon pour cela ! »

Je ne sais comment se passèrent les heures. Il me semblait avoir été à genoux là pendant une éternité; les cierges ressemblaient à des groupes d'étoiles; le doux chant des oiseaux était comme des mélodies d'anges dans un rêve d'enfant; Apollon s'appuyait sur sa lyre, et au milieu de tout cela le cadavre de Maryx.

Deux ou trois nuits se passèrent sans doute, et il était toujours là exposé aux regards des Romains :

les multitudes allaient et venaient doucement et en pleurant, jusqu'à ce qu'enfin il s'en trouvait bien peu dans la grande cité qui ne fussent venus fléchir le genou là où il gisait, et ne se fussent en allés, à la lueur des étoiles, à travers les cyprès, en disant « que la terre n'en possédait pas un comme lui ».

Une fois seulement j'entendis une voix de femme dire : « Il y en a un que je plains encore plus que lui, c'est celui qui l'a tué. »

Y avait-il donc des femmes qui plaignaient Hilarion? Sans nul doute, il y a eu des femmes qui ont plaint Caïn.

Pendant que les cierges brûlaient, quelqu'un me releva enfin dans l'ombre et me fit m'écarter de l'entrée de la porte, et je vis des torches semblables à un grand incendie, vacillant et flambant sous les lueurs chaudes du ciel d'été ; et il y avait des voix qui psalmodiaient, et des vêtements blancs, et des robes noires ; les rossignols effrayés se taisaient ; je devinai que le dernier moment était venu.

Je marchai en chancelant près de Giulio, et nous descendîmes ensemble les vertes allées du jardin, sous les rameaux fleuris, foulant aux pieds les fleurs d'oranger qui couvraient le sol d'une neige odorante : c'était pour la dernière fois que nous le suivions.

Les sculpteurs ses amis tenaient le drap mortuaire, et les jeunes artistes de la villa Médicis étaient les premiers dans la procession funéraire. Derrière eux suivait la foule.

C'est ainsi que son corps fut porté pour toujours, hélas! de la colline d'Or de l'autre côté du fleuve, dans le silence de la nuit, en dehors de la ville, bien loin des murs, au cimetière, près de San Lorenzo

Tout sentiment semblait mort en moi. Je savais seulement que je vivais et que je suivais en chancelant les multitudes, à la lueur des torches et des dix mille étoiles de lumières que les plus pauvres mêmes avaient trouvé moyen de porter, au murmure plaintif des chants mortuaires qui s'élevaient et retombaient tour à tour. J'étais si bien mort à tout autre sentiment, que je ne me rappelai pas que la triste procession devait passer devant la tourelle qui se trouvait près de l'arcade d'Honorius.

Quand je me le rappelai, les torches brûlaient déjà sous les murs mêmes de la tour ; je poussai un cri, mais qui eût pu m'entendre ou qui, s'il m'eût entendu, eût fait attention à moi ?

Je levai les yeux : ses fenêtres étaient tout ouvertes ; elle était éveillée au milieu de cette ravissante nuit d'été qui touchait à sa douzième heure.

La foule se mouvait toujours comme les lourdes vagues de la mer, et une lueur ardente, comme celle d'un incendie, éclairait la route silencieuse ; je fus entraîné par la foule en avant, toujours en avant, jusqu'au champ du tombeau.

Là, la terre s'ouvrit et la tombe l'engloutit.

Je ne sais combien d'heures s'étaient passées quand des multitudes reprirent le chemin de la cité, le laissant là tout seul.

Tandis que la foule m'entraînait avec elle à travers les grilles, à la lueur des étoiles, ceux qui m'entouraient s'écartèrent comme pour livrer passage à quelqu'un : une ombre blanche traversa la presse, et je vis Giojà, devant moi, sans voile, à la lueur sombre et rouge des torches.

« Qui est mort ? » demanda-t-elle. Et il me semblait

que sa voix venait de bien loin, des hauteurs de l'air ou de la profondeur des tombeaux.

Avant que je pusse lui répondre, Giulio prit la parole, prêt à la tuer si des mots pouvaient tuer :

« Maryx est mort. Quel autre Rome pleurerait-elle? C'est pour vous que votre amant l'a tué. »

XXVIII

L'été s'avançait : les rossignols de Maryx chantaient sous les buissons de roses et sous les feuilles brillantes des lauriers ; le gazon humide croissait sur sa tombe, qui se distinguait des autres par un énorme bloc de marbre blanc non taillé, comme pour dire que nulle main après la sienne n'osait tailler les rocs ; sa vieille mère, aveugle et en enfance, disait son chapelet et attendait toujours son fils. »

Rome était vide et silencieuse comme la tombe, et les vents brûlants erraient seuls à travers les rues désertes.

Et elle, mon Ariane, s'en allait lentement avec l'été.

« Vous l'avez tuée ! avais-je dit à Giulio, cette nuit-là.

— Tant mieux ! » m'avait-il répondu ; car dans son âme il la haïssait comme une créature maudite, lui qui avait vu les coups du maillet mettre en pièces la copie de la Nausicaa.

Les hommes de la science que j'amenai la voir dirent qu'elle n'avait aucune maladie ; ils avaient raison peut-être ; mais, malgré cela, je savais bien moi

que sa vie était finie; et le jeune Grec le savait aussi,
lui, car il l'aimait. Depuis cette nuit où elle avait
vu passer sous les murs de sa maison le cortège funéraire de Maryx, et qu'elle avait appris par qui il avait
été tué, elle avait semblé se flétrir comme une fleur :
il n'y a pas de destruction apparente; la fleur est
ravissante, ses feuilles sont jeunes; la rosée du matin
la couvre, et malgré cela pourtant elle se fane peu à
peu, et l'on sait que dans peu de temps on se lèvera un
matin, et qu'on la trouvera morte.

Qui peut se faire une idée de ce qu'elle éprouvait?

Aïdon n'avait jamais été plus innocente ni n'avait
éprouvé plus de remords, Aïdon, qui, sans le savoir,
tua dans l'ombre ce qu'elle chérissait.

A cause d'elle la mort avait frappé l'un, et l'autre avait
commis un crime : si elle eût vécu dans les jours de
l'ancienne Rome, elle se fût plongée vivante dans les
entrailles de la terre ou dans les flammes ardentes,
pour purifier l'âme de ceux qu'elle avait maudits.

« Oh! laissez-moi aller à lui, » cria-t-elle un jour;
car c'était toujours à l'homme vivant qu'elle pensait
le plus; et après tout, il se pouvait que la femme qui
avait parlé dans la foule eût eu raison, et c'était lui
peut-être qui avait le plus besoin de pitié.

Elle laissa tomber sa tête sur sa poitrine.

« Je ne le puis, murmura-t-elle. Il me haïra toujours maintenant. »

Elle n'osait pas aller à lui, elle qui était cause que
ses mains étaient teintes de sang.

Elle croyait sentir une malédiction planer sur elle,
et la mort et le crime qu'elle avait causés pesaient
comme du plomb sur son âme innocente.

Jour par jour, lentement, sa force la quitta et sa beauté se flétrit.

Elle n'eût pu comprendre les excuses ordinaires du duel. Elle ne comprenait aucune des coutumes et des conventions qui gouvernaient le monde dans lequel il vivait; elle n'eût pu voir comment aux yeux des hommes il n'avait rien fait de mal, mais avait tout simplement usé du droit de vengeance que possède tout homme qui reçoit un affront. Elle ne savait rien de tout cela; elle ne comprenait qu'une chose : que pour elle il avait tué son ami.

Elle, qui se fût traînée à travers des mers de sang pour lui épargner le remords et la honte, avait amené ce crime sur sa tête : voilà tout ce qu'elle comprenait. Pour elle, Maryx était mort. Pour elle, Hilarion était devenu un assassin : voilà tout ce qu'elle savait. Le sentiment d'un crime écrasant et ineffaçable l'enveloppait : honteuse et craintive, elle fuyait la lumière du jour.

Quant à Hilarion, je n'avais rien entendu dire à son sujet, sinon qu'il n'avait nullement essayé d'échapper aux lois.

La justice! Je ris tout haut en entendant prononcer ce mot. Qui peut rappeler les morts de leurs sépulcres? Qui pouvait faire renaître le feu divin du génie qu'il avait éteint?

Justice!

Je compris alors pourquoi les hommes deviennent cruels. Si son sort avait été remis entre mes mains, j'eusse fait de chacun de ses soupirs une agonie telle que Dante, dans son *Enfer*, n'en a jamais conçu de pareille.

Encore une fois, et cette fois pour toujours, son

génie s'assoupit, sa pensée se voila. Elle redoutait la vue du marbre comme elle eût redouté la vue d'un cadavre; elle fuyait les regards sans vie des statues comme elle eût fui les regards d'un dieu mort.

Elle était innocente, et pourtant les Erinnyes la poursuivaient, et elle n'avait de repos ni la nuit ni le jour. Avec chaque mois de l'été, son âme semblait s'en aller peu à peu, et son corps devenir de plus en plus faible, jusqu'à ce qu'enfin il lui fut impossible de se lever. Elle ne pouvait que rester immobile et muette comme ces jeunes anges couchés sur des tombes, les ailes repliées et les mains jointes, et qui attendent.....

« Si seulement je pouvais souffrir pour lui! » s'écria-t-elle un jour. Et c'était toujours du vivant dont elle parlait. Celui qui n'était plus dormait en paix; mais lui... Je n'osais pas lui dire ce que je pensais : qu'il ne souffrait pas, qu'il n'avait pas de conscience, lui qui avant Maryx avait déjà tué d'autres hommes, et avait appelé ces crimes des affaires d'honneur.

Elle ne pouvait que contempler le ciel bleu et le soleil faisant place aux étoiles, à travers les hautes fenêtres grillées festonnées de véroniques bleues, et devant lesquelles les pigeons passaient en volant.

Les médecins disaient qu'elle devrait quitter Rome. Mais elle ne le voulut pas. Pour elle Rome était la mère dans les bras de qui elle voulait rendre son dernier soupir.

De sa chambre, tout en étant couchée, elle pouvait voir s'étendre la cité tout entière, elle voyait les lignes sombres des pins sur les collines, et une lumière qui lui disait où était la mer. De sa couche elle regardait Rome comme un enfant mourant contemple les traits de celle qui lui a donné le jour.

Personne ne semblait voir qu'elle se mourait; ce n'était que de la faiblesse, disait-on, et l'effet de l'air brûlant et lourd de l'été. Mais moi, je le savais bien, et Amphion et Ersilia aussi, Ersilia dont les yeux ardents s'emplissaient de larmes chaque fois qu'elle la regardait.

Je ne sais si Giojà s'en doutait : elle pensait si peu à elle-même. Une part de sa vie tout entière s'était en allée avec le mort dans sa tombe, et l'autre avec le vivant dans son crime. Si seulement elle eût pu aller auprès d'Hilarion, elle eût peut-être retrouvé la force de vivre.

Dans le monde la gloire l'attendait; on était prêt à la couronner comme une idole souveraine.

Mais le monde l'appelait en vain.

Les satyres et les silènes auraient aussi inutilement essayé d'éveiller Ariane gisant sur le rivage, la poitrine percée d'un trait mortel.

Des hommes vinrent à moi, de grands hommes, des connaisseurs, des gens du métier, et ils me dirent tous la même chose, et les trompettes de la Renommée résonnaient bien haut en son honneur de l'autre côté des Alpes, et Rome, à la fin, commença à s'éveiller et à dire : « Laquelle de mes filles possède cette force et cette grâce antiques ? »

Mais je les écoutai et leur demandai de reprendre leur chemin. Il n'était plus temps !

Les trompettes de la Renommée ressemblaient au bourdonnement des moucherons, et la voix de Rome était comme la voix de Niobé appelant en vain ses enfants.

« Vous venez trop tard, » leur disais-je, les yeux secs et la tête calme; j'avais perdu tout espoir de flé-

chir la destinée au cœur d'airain. Les dieux avaient
été sans pitié, et la terre pouvait bien périr, je ne
tenais plus à rien.

L'été touchait à sa fin ; les vents du désert souf-
flaient brûlants et pleins de sable, apportant avec eux
la peste des marais, les malsaines exhalaisons des bas
fonds du fleuve.

L'immensité de Rome se déployait sous le soleil
comme un cimetière. Il y avait trois mille ans que la
mort y creusait des fosses, et elle n'avait pas encore
achevé son œuvre.

Le ciel était comme une vaste coupole d'airain, et
les pieds des rares passants résonnaient sur le pavé
comme les pas des pleureurs voilés qui vont enseve-
lir leurs morts. Pendant la nuit, il semblait qu'on ne
voyait autre chose dans les blanches rues que des
hommes masqués, des torches et des morts.

Ce n'était pas une saison plus fatale que les autres,
disait-on, mais il me semblait à moi que Rome n'avait
jamais été plus lugubre, et le bruit des fontaines n'a-
vait plus de mélodie pour moi, et ne rendait plus
qu'un son morne et creux, comme le murmure d'une
mer dont les vagues ne peuvent laver les crimes de
la terre teinte de sang.

J'errais stupidement çà et là, et presque tous les
instants, nuit et jour, me trouvaient assis au seuil de
sa porte, ma chienne auprès de moi.

Je ne pouvais rien faire pour elle.

Il est dur de souffrir ; plus dur encore de ne pouvoir épargner des souffrances à ceux que nous aimons.
Elle était presque toujours silencieuse. On eût dit
qu'on lui avait jeté un sort. Depuis la nuit où Giulio
lui avait dit la hideuse vérité, elle avait à peine

parlé; une ou deux fois seulement elle s'était écriée qu'elle voulait aller à lui, et qu'elle seule l'avait rendu criminel.

Chaque jour elle devenait plus faible et plus blanche; à l'exception de ses beaux yeux lumineux, rien ne paraissait vivre en elle; ses membres étaient immobiles. Je croyais quelquefois qu'elle se transformait peu à peu en ce marbre qu'elle avait tant aimé. Il y avait des moments où je me sentais devenir fou, et alors je m'enfuyais, j'allais, à l'endroit où se tenait mon Hermès, et je le suppliais tout haut de la sauver, lui qui avait créé les femmes par caprice.

Mais le secours ne pouvait venir pas plus d'Hermès que d'aucun autre dieu.

Un jour elle sortit de son silence et me dit :

« Combien de temps ai-je à vivre? »

Je ne pus me contenir, et je pleurai.

« Vous vivrez aussi longtemps que Dieu le voudra.

— Mais je suis bien près de mourir?

— Oh! mon enfant bien-aimée! ne nous affligez pas en parlant ainsi. Nul ne peut savoir.

— Je le sais moi, » dit-elle lentement. Alors, pour la première fois depuis cette nuit terrible où elle avait appris la mort de Maryx, de grosses larmes brillèrent dans ses yeux et coulèrent lentement sur ses joues amaigries.

« Je croyais pourtant que je le reverrais, dit-elle. Oh! tous mes beaux rêves! et à cause de moi sa vie est tachée de sang. » Et ses yeux se fermèrent, et elle retomba dans le silence.

Je m'agenouillai devant elle et baisai ses mains délicates, qui avaient eu la force de faire sortir d'ad-

mirables formes de la pierre inerte, et qui les avaient
fait parler aux hommes.

« Oh! mon enfant, lui dis-je, vous êtes innocente
comme les anges. »

Elle soupira avec effort et secoua la tête ; ses yeux
et ses lèvres demeurèrent fermés. A ses propres yeux
elle était coupable : coupable de n'avoir pu captiver
son âme et la garder.

Elle avait donné sa vie tout entière, mais ce n'avait
pas été assez : sa vie n'avait pas suffi pour tenir un
instant son cœur contre le sien. Elle avait essayé de
toutes ses forces, mais le mal avait été plus fort
qu'elle ; il l'avait vaincue, et quand elle avait imploré
les dieux, ils avaient été sourds à ses cris.

Car quoi de plus fort que l'infamie? et à quoi sert
d'aimer?

Je sortis de sa chambre ; l'air était étouffant et
sec ; depuis bien des semaines, il n'avait pas plu ; le
vent apportait avec lui des sables brûlants, et l'air
était plein de bourdonnements d'insectes.

Les médecins me rencontrant au seuil de la porte
me dirent : « Elle est bien faible, mais elle n'a aucune maladie. Nous ne savons que penser. »

Je leur parus fou sans doute, car je leur répondis :

« Non, non, le laurier s'était élancé de son cœur,
et le laurier tue quand il croît dans le cœur d'une
femme. Le temple de Lubentina ou la mort. Elle n'a
pas voulu entrer dans ce temple. Eût-elle été vile, elle
vivrait maintenant et rirait bien haut ! »

Et je m'en allai errer par les rues ; la chienne me
suivait morne et triste, et comme nous passions devant le jeune Grec, il me dit :

« Dans les vers qu'elle me lisait autrefois, les héros

jetaient dans les flammes ce qu'ils aimaient le plus;
voyez, j'ai brisé ma flûte et je l'ai brûlée. Les dieux
dont elle me parlait seront-ils contents? seront-ils
apaisés? la sauveront-ils ? »

Ah! ciel! depuis le commencement du monde, les
hommes et les femmes ont brûlé en vain leurs trésors:
les dieux n'ont jamais répondu.

C'était une journée sombre et étouffante et sans
soleil; une chaleur lourde semblait peser sur la ville.
Je me dirigeai vers les bois de Borghèse, et de là
dans les galeries de sculpture, et je me tins devant
l'Ariane. Quelle cruauté! là, devant moi, était la tête
de bronze ravissante et forte avec sa couronne de
feuilles de lierre; là elle resterait sans doute, siècle
après siècle, tandis qu'elle, son image vivante, cent
fois plus précieuse, périrait comme une fleur cueillie
avant le temps.

Il me sembla voir s'ouvrir les lèvres de l'Amour
thespien, et l'entendre dire :

« La terre est trop petite pour contenir un grand
amour, et là où je ne suis pas, la mort vient en aide ! »

Je m'assis dans la galerie des Césars, et laissai
tomber dans mes mains ma tête fatiguée; il n'y avait
personne près de moi; le jour était à son déclin.

A travers les barreaux de fer des fenêtres, le gazon
brûlé par le soleil avait des reflets éblouissants et
contrastait avec l'ombre épaisse et noire des ilex; le
bourdonnement des insectes dans les branches avait
pour moi le son des rires moqueurs des Parques;
les empereurs impurs, à la tête bestiale, semblaient
ricaner comme des créatures vivantes. Je pensais que
la courtisane impériale de la salle du haut devait rire
sans doute. Il doit sembler bien étrange à ces sortes

de femmes, qu'une femme puisse aimer à un tel point
que pour elle la mort soit plus douce que la gloire,
l'or, les honneurs, les consolations des sens et toutes
les vanités de la vie.

J'appuyai ma tête dans mes mains; je ne voulais
pas voir la lumière grise de ce jour accablant; la peste
régnait au dehors, dans les bois brûlés et jaunis et
sous les rameaux à l'ombre épaisse et bienfaisante;
mais que m'importait la peste? elle ne pouvait pas
plus m'atteindre qu'elle ne pouvait atteindre l'Hercule enfant souriant sous sa peau de lion : quand nous
ne tenons plus à la vie, elle s'attache à nous.

Je pensais non aux bronzes ou aux marbres, mais
à l'homme qui à la même place était venu à moi, plusieurs années auparavant, un rayon de soleil brillant
dans ses yeux bruns, et m'avait dit en souriant :

« Encore devant votre Ariane! si c'est une Ariane. »

Il me semblait en réfléchissant que c'était hier qu'il
m'avait interpellé de cette façon et que l'écho de sa
voix vibrait encore dans la galerie déserte.

Je restai immobile devant les pieds du Dionysios
blanc, ne pensant qu'à cette grande vie qui s'était
éteinte comme la flamme d'une lampe, et à cette jeune
vie qui se fanait lentement avec l'été, pleine de remords et sans consolation, bien que les vieux silènes
du monde lui eussent apporté la coupe de la gloire
pleine d'un vin écumant, et que le dieu de l'art fût des-
cendu vers elle.

J'étais accablé et abattu. Des pas résonnèrent près
de moi sur les dalles de marbre. Il ne m'eût pas semblé étrange de voir se lever les dieux, comme je les
avais vus dans mon rêve. Je tournai la tête et je vis
Hilarion. Comment peindre ce que je ressentis alors?

J'étendis ma main dans le vide, comme un homme qui verrait dans l'ombre quelque effrayante apparition. Il se tenait entre moi et le buste de bronze.

Une lumière étrange, grise, jaunâtre et à reflets variés éclairait son visage; j'élevai la voix pour lui lancer une imprécation pour le maudire dans son présent, dans son avenir et dans sa mort, comme les hommes des anciens jours maudissaient ce qu'ils abhorraient. Mais quelque chose que je lisais sur son visage m'arrêta et glaça le torrent sur mes lèvres: mes anathèmes étaient inutiles; il avait déjà l'apparence d'un maudit. Son visage disait que son cœur était en proie à une sourde morsure; c'était là face d'un homme qui avait tué son meilleur ami et qui ne pouvait l'oublier.

Il avait la tête haute, et sa grâce hautaine d'autrefois n'était pas changée; mais sa beauté ressemblait à celle d'une statue mutilée, exposée pendant de longues années aux intempéries des saisons, et ses yeux avaient l'expression de remords, de honte et de fatigue d'un homme à charge à lui-même.

On ne peut pas frapper un prisonnier chargé de chaînes; il y avait en lui quelque chose qui me disait que la femme dans la foule avait eu raison quand elle avait plaint l'assassin plutôt que la victime.

Il parla le premier; sa voix avait perdu sa mélodie accoutumée, et bien qu'elle fût rauque, on l'entendait à peine.

« Ne me dites rien, murmura-t-il. Vous ne pouvez rien me dire que je n'aie entendu depuis cette fatale rencontre, nuit et jour, dans l'air et tout autour de moi. Ne me dites rien; dites-moi seulement où elle est. »

Je me taisais. Me trouver face à face avec lui était
si horrible, qu'il ne me retenait là que par son regard, comme celui des grands serpents fascine, à ce
qu'on dit. Et il était si changé! grand Dieu! C'est
ainsi qu'eût été le blanc Dionysios, s'il avait été
traîné au milieu de la flamme, du carnage et de la
fumée de la guerre! Il parla encore.

« Je suis venu aussitôt que je me suis trouvé libre.
Où est-elle?

— Peu vous importe, lui dis-je. Vous ne l'avez jamais aimée! »

J'avais la gorge desséchée comme si rien ne l'eût
rafraîchie pendant des jours entiers; mes lèvres pouvaient à peine articuler mes paroles, pour lui répéter
les mots qu'il m'avait dits autrefois.

« Non, je ne l'ai pas aimée alors; pour mon malheur, hélas! »

Sa voix était faible et avait un son étrange. Il y
avait dans son regard quelque chose qui éveillait en
moi une amère pitié; mais je refoulai cette pitié,
comme si c'eût été le crime le plus vil que j'eusse pu
commettre contre Maryx et contre elle.

« Allez-vous-en! lui dis-je. Vous n'avez rien fait
qui puisse vous rendre indigne de votre grand monde,
rien contre l'honneur ou contre les lois des hommes.
Pour moi, mais non pour eux, vous êtes un assassin.
Je suis ignorant et pauvre, je suis un homme du peuple, et je ne comprends pas. Allez-vous-en! voilà tout
ce que je vous demande! »

Il m'écouta patiemment, la tête baissée; il était
humble devant moi comme un esclave devant son
maître, lui qui était habitué à traiter de haut même
les plus puissants personnages et qui ne s'en était fait

que plus adorer à cause de son audacieuse insolence.

« Vous pouvez dire ce que vous voulez, murmura-t-il. Vous ne pourrez jamais me dire ce que j'ai mérité. J'ai brisé une vie qui, à côté de la mienne, était comme l'or à côté du plomb. »

Une rougeur brûlante couvrait son front, tandis que ses lèvres étaient d'une pâleur grisâtre ; il porta la main à sa gorge comme s'il eût senti une autre main qui l'étranglait.

« Allez-vous-en et oubliez, lui dis-je, vous le pouvez. Vous vous en êtes vanté ; vous n'avez pas de souvenirs, et n'en voulez point avoir ; vous vous êtes moqué des simples et des illettrés qui vous ont parlé de regret ou de conscience. Allez, composez un poëme sur vos victimes ; vous avez souvent dit que le poëte devait se servir des souffrances d'autrui comme d'une lampe, comme dans le Midi on se sert des mouches à feu pour éclairer : voilà tout.

— Vous êtes cruel, » me dit-il simplement, avec son accent glacial d'autrefois ; mais il resta calme ; une espèce de honte m'émut au milieu même de la haine que je ressentais pour lui ; j'avais frappé un homme à terre, un blessé qui demandait merci.

« Ne vous en irez-vous donc pas ? repris-je pourtant avec furie. Pourquoi venir insulter à leurs tombes ? Le monde n'est-il pas assez grand sans que vous veniez traîner vos crimes à Rome ? Rome l'aimait ; laissez-le-lui. Allez-vous-en, vous dis-je. Aux yeux du monde vous n'êtes pas coupable, et vous n'en séduirez que plus facilement les femmes impressionnables, avec un peu de sang aux mains. C'est un attrait de plus. Je suis cruel ! Combien vous l'ont dit à vous ! Et quand avez-vous écouté ? Avez-vous jamais senti quelque

pitié? Que vous fait un amour qui n'est plus? Vous
l'enterrez vite et n'y pensez que pour en rire! Pourquoi ne riez-vous pas maintenant? Soyez donc vous-
même. Quittez ce rôle. Vous savez bien que vous pouvez faire pleurer le monde en riant. Allez chercher
des rimes pour émouvoir le public sur le sort de Giojà
et de Maryx... Oui, vous avez raison : cette vie que
vous avez prise valait cent fois la vôtre ; il recueillait
en un jour une moisson que vous ne pourrez jamais
recueillir dans toutes vos années impuissantes. Il
fécondait, vous stérilisez. Il aimait, et vous, vous tra-
hissèz. Il vivait pour l'humanité tout entière ; vous
pour le royaume étroit de vos sens. Et vous l'avez
tué ! Mais dans un mois vous aurez oublié. Pourquoi
restez-vous là ? Allez-vous-en avant que je ne fasse pis
encore ; je suis vieux et ne voudrais pas offenser le
ciel. »

Il restait là silencieux et calme. Tout à coup il étendit les mains, comme un enfant craintif, et un sanglot souleva sa poitrine.

« Pitié ! s'écria-t-il. Ne voyez-vous pas que je
souffre ? »

Il se fit un silence entre nous.

Je comprenais que sa souffrance surpassait celle
que les hommes eussent pu lui infliger.

Une compassion à laquelle je ne pouvais plus
résister s'empara de moi. Oh ! si de sa tombe Maryx
eût pu lire dans mon âme, il n'eût pu me reprocher
cette faiblesse, et il eût comme moi plaint son meurtrier.

Nous nous taisions toujours. Il s'appuyait d'une
main sur le piédestal de Dionysios la tête et les épaules
inclinées, de sorte que je ne pouvais voir son visage.

Le jour était à son déclin, les ombres devenaient de plus en plus noires et commençaient à voiler aux regards le bronze d'Ariane.

« Où est-elle ? dit-il encore.

— Que vous importe ? lui répondis-je.

— Vous ne comprenez donc pas ? dit-il, tandis que sa respiration pénible semblait l'étouffer à mesure qu'il parlait. Si elle ne me repousse pas, si je ne lui suis pas odieux, si je pouvais réparer mes torts envers elle. Je ne l'ai jamais aimée... non; pas comme il l'aimait lui, mais j'ai compris son message de marbre. Elle m'aime comme jamais femme n'a aimé. Comment ne l'ai-je pas vu autrefois ? Si elle ne me repousse pas, je ferai tout ce qui est en mon pouvoir; si je pouvais seulement lui rendre l'honneur, la paix! Devant son innocence et sa pureté, je ne suis qu'un être vil; mais si elle m'aime encore, j'aurai le pouvoir de la consoler. »

Je ne lui répondis pas.

Il me semblait que tous les démons de l'enfer emplissaient la salle de marbre, ricanant d'un air moqueur et criant autour de nous leur sarcasme favori : « Trop tard! »

Je levai les yeux vers lui. Il faisait encore jour; la lueur rouge et ardente d'un coucher de soleil nuageux brillait à travers les barreaux des fenêtres et semblait baigner les piédestaux des blanches sculptures dans les flots d'une mer de sang.

« Vous feriez ce que vous dites? »

Il me répondit :

« Par la vie et par la mort de celui que j'ai tué, je le jure... »

Je tournai mon visage du côté du soleil et lui dis :

« Venez! »

Je quittai les galeries et passai à travers les clairières des bois. Il marchait à côté de moi. Les cloches de la cité tintaient la dernière heure du jour. Autour de nous tout était gris et sombre.

Bien loin à l'ouest, que nous regardions en entrant dans Rome, brillait encore la lueur ardente du soleil couchant; derrière les sombres arbres du Vatican il y avait de longues lignes tremblantes et lumineuses, un champ immense d'un bleu pâle, au-dessus duquel s'élevait un rose vif comme les teintes des premières lueurs de l'aurore.

Il ferma les yeux à toutes ces beautés. Il ne pouvait plus contempler d'un regard calme les ravissants mystères de l'air ni admirer en repos les splendeurs du ciel. Nous passâmes sans dire un mot à travers le labyrinthe de rues de la cité.

A la fin nous arrivâmes au seuil de sa porte et montâmes l'escalier.

Il faisait presque noir et l'on avait allumé une lampe. Les hiboux criaient dans l'ombre.

J'ouvris la porte. Elle était couchée, aussi immobile que lorsque je l'avais quittée : l'or bruni de ses cheveux couvrait son beau front, ses lèvres étaient entr'ouvertes, ses yeux contemplaient le ciel vers l'occident, où brillait encore une lueur rougeâtre laissée par le jour évanoui.

Je lui fis signe d'entrer. Il m'obéit et regarda.

« Mon Dieu ! elle se meurt ! » s'écria-t-il. Et son cri étouffé résonna dans la maison désolée.

Elle entendit sa voix, se souleva soudain sur son lit étroit, et lui tendit les bras. Il tomba à genoux près d'elle.

« Pardon ! pardon ! » lui cria-t-il.

Pour toute réponse, elle lui entoura le cou de ses bras blancs, et ses lèvres cherchèrent les siennes.

« Giojà, vis ! oh ! vis ! lui disait-il. N'est-ce pas, tu veux vivre, pour moi, avec moi ? Je t'aime ! »

Et, pour la première fois, il ne mentait pas.

Elle ne lui répondit rien ; mais ses bras entouraient toujours son cou, et sa joue reposait contre la sienne. Elle resta ainsi pendant quelques instants ; puis, avec un soupir de fatigue, elle se recula un peu et leva vers lui ses yeux tendres et abattus.

« Pardonne-moi toi-même, je m'étais trompée, » murmura-t-elle bien bas, tandis que ses regards se voilaient. Elle chercha encore une fois les lèvres de son amant, et les siennes y restèrent appuyées pendant un instant, puis elle devinrent froides et immobiles.

Il l'aimait... et elle était morte !

ENVOI

Je suis assis près de la fontaine du mur, et l'eau
n'a plus de mélodie pour moi. Les années ont passé,
mais je ne les compte plus. Il vit, lui, et ne peut oublier,
car il aime celle qui est morte. En le perdant, il a vu
le trésor que le destin avait mis près de lui. Le monde
est vide, le ciel est sombre. Autour de moi j'entends
rire les satyres, les satyres qui ne purent enlacer
l'âme d'Ariane. Ils soufflent toujours dans leurs flûtes,
le monde insensé danse ; mais ils répètent à jamais
leur ironique chanson :

« Le monde est mal fait : toutes choses viennent
trop tard ! »

FIN DU SECOND VOLUME

1616 — Paris. Imp. LALOUX fils et GUILLOT, 7, rue des Canettes.

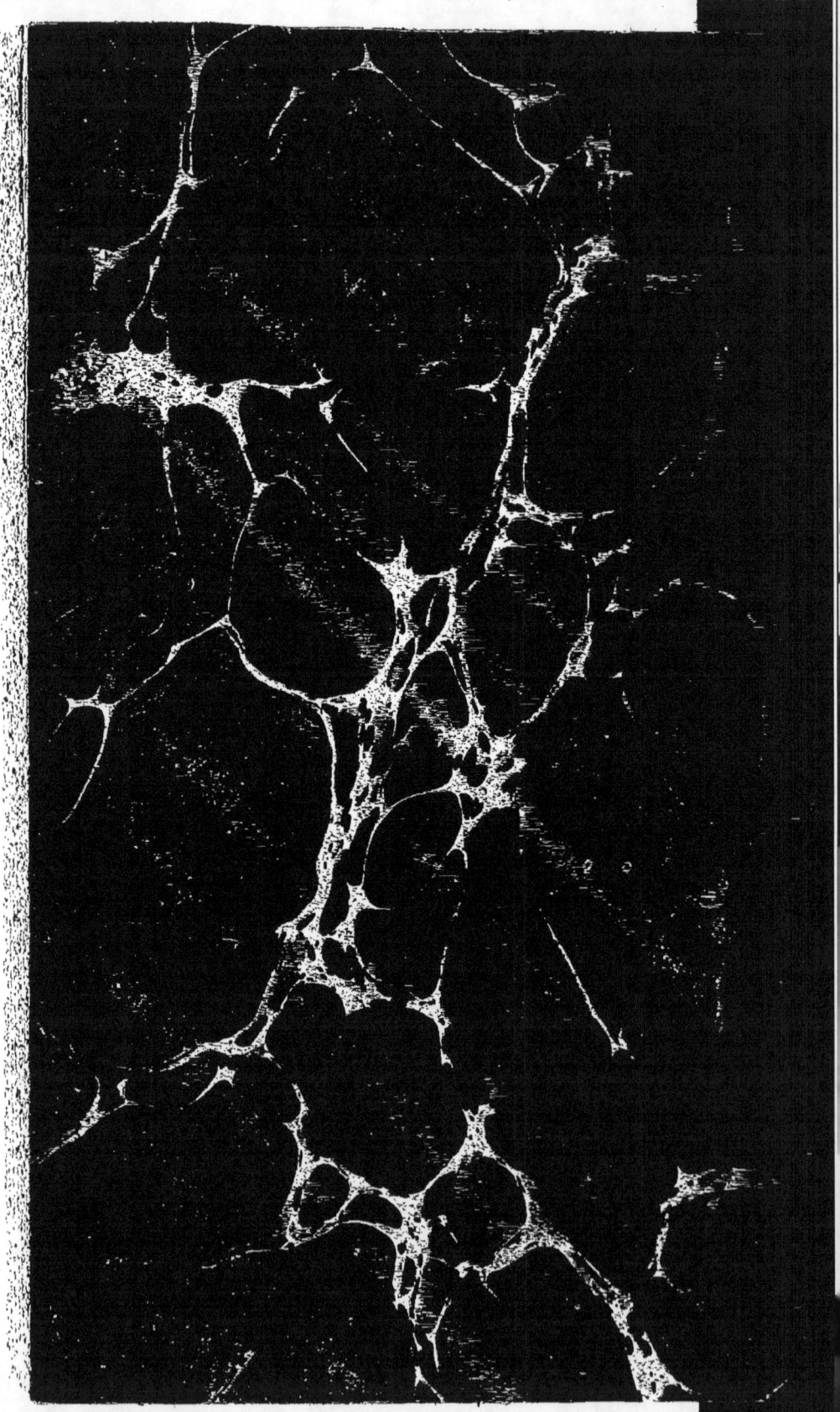

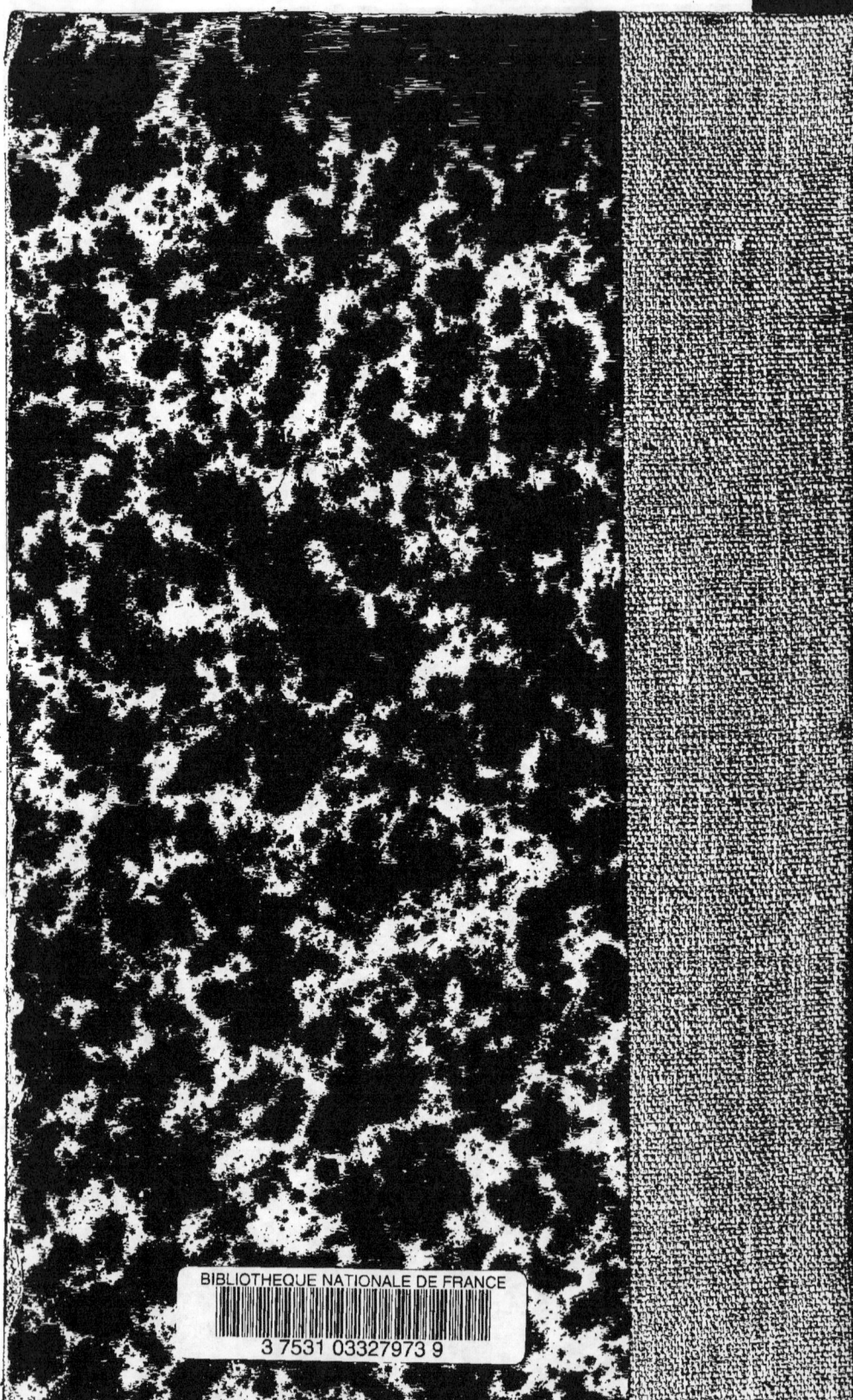

www.ingramcontent.com/pod-product-compliance
Lightning Source LLC
Chambersburg PA
CBHW051523050726
47503CB00014B/1121